D1342361

Féerie générale

EMMANUELLE PIREYRE

Féerie générale

ÉDITIONS DE L'OLIVIER

ISBN 978.2.8236.0003.2

FÉERIE GÉNÉRALE

COMMENT LAISSER FLOTTER LES FILLETTES?

Un jour en Europe, il y avait une petite fille qui détestait la finance. «Petite, disait-elle, petite ok, mais pas soumise.» Au Japon, vivait un homme qui avait une grosse bibliothèque recelant des milliers de mangas, mais cela ne suffisait pas à contenir ses pulsions; il passa à l'acte et commit des atrocités. Vingt ans plus tôt, Umberto Eco s'était fait voler ses comics de Superman par d'autres universitaires lors d'un colloque de sémiologie.

Avec:

Roxane

Cheval

Mirem et Malcolm

Claude Lévi-Strauss

Umberto Eco

Tsutomu Miyazaki

Les quatre fillettes de Tokyo

Le futur mangaka

Population japonaise

L'école de la finance

Une fois en Europe, il y avait une fille de neuf ans qui était pleine de mystère. Certains disaient qu'elle était butée. Bon, ce n'était tout de même pas de l'autisme, seulement Roxane restait hermétique, vraiment hermétique, aux sujets qui ne l'intéressaient pas. Elle se refermait et ensuite il n'y avait plus rien à en tirer. Dans la cour de l'école, les conversations allaient bon train sur la spéculation financière, et là typiquement c'était un sujet dont cette petite fille ne voulait pas entendre parler. Elle ouvrait la bouche, aucun son ne sortait, une vitre en verre ultra-épais la séparait des conversations, elle tournait la tête et allait jouer plus loin. Ses copains se laissaient à chaque fois surprendre par sa brutalité intransigeante, ils se sentaient jugés, ils avaient l'impression qu'elle n'était pas de leur avis sur la finance, ou que, carrément, elle n'avait pas d'avis. Les enfants étaient d'autant plus surpris par cette réticence qu'ils avaient, depuis quelques années, pris l'habitude du travail d'équipe, ils avançaient ensemble. «On n'est plus à Wall Street dans les années 80, avaient-ils coutume de dire. L'époque est finie où on travaillait seul en psychopathe, où l'instinct, la coke et les individualités menaient la danse.» De fait, ils s'entraidaient, s'échangeaient beaucoup d'infos, se faisaient passer graphiques financiers, dépêches de l'AFP et résumés d'articles des *Échos* ou du *Financial Times*. Bien sûr, ils étaient encore petits, ils n'étaient qu'à l'école primaire ; aussi ils ne tenaient pas longtemps avec les analyses vraiment prises de tête, ils avaient tout le temps envie de déconner. Certains jours où ils avaient du mal à anticiper le marché, ils disaient : « Quel après-midi pourri ! Si ça continue, je vais devoir vendre un de mes apparts à Cannes pour renflouer mes comptes de trading ! » Ils avaient besoin de se défouler, même s'ils avaient conscience que le sujet était grave, même si quelquefois ils étaient soucieux et demandaient à la maîtresse : « Maîtresse, le but des banquiers, c'est de ruiner tout le monde ou quoi ? – Juste les petits comme toi, répondait la maîtresse. Rien ne se perd, rien ne se crée, tout se transforme. Et eux ils doivent se faire de gros bénefs. En plus, expliquait la maîtresse, ils peuvent te fourguer les produits merdiques qu'ils ont inventés et travailler avec des infos privilégiées en utilisant leurs fonds propres. Donc on peut pas lutter… c'est comme ça. »

Le vendredi du mois de mai où la vice-présidente du gouvernement espagnol annonça que le nouveau code pénal punirait les pratiques spéculatives qui avaient fait plonger la Bourse espagnole, les enfants étaient énervés. Ils avaient eu sport, ils n'arrivaient pas à se sentir concernés, ils plaisantaient, se bousculaient à la sortie du vestiaire. Ils disaient : « Bon, en tout cas, on sait maintenant que les mecs de Goldman Sachs iront pas en Espagne pour leurs vacances. Ni en Grèce. » Ils disaient : « Ils s'achèteront un pays avec leurs bonus. » Bien sûr, il fallait tenir compte de nombreux paramètres pour appréhender le marché, la finance est une activité hautement technique, et parfois les enfants n'étaient pas suffisamment concentrés. Sauf la mystérieuse petite Roxane qui restait concentrée, mais sur complètement autre chose ; et sauf une autre fille de la classe, toujours au top dans ses analyses, et qui, très sympa, venait au secours des copains. Elle leur disait : « Attention les gars, il faut quand même tenir compte du chomdu US. – La vache c'est vrai, disaient les autres, je l'avais oublié celui-là avec tout ce sketch sur la dette des États. »

Les périodes d'économie mondialisée

Roxane se positionnait ailleurs. Elle refusait d'entendre parler d'analyse financière. Elle voyait bien évidemment que la finance s'insinue partout, parmi les gens et parmi les choses, mais Roxane se tenait à distance et ne se mêlait pas aux conversations. Elle avait placé très haut le niveau d'étanchéité qui lui convenait. Certes, Roxane restait une enfant, elle ne faisait pas vraiment exprès, son comportement n'était pas le résultat d'une longue réflexion. C'était juste son naturel qui était comme ça, rétif. Elle préférait les chevaux à la finance, elle préférait qu'il y ait du vert autour. À peine libérée des obligations de l'école, Roxane prenait ses tubes de peinture, une palette, une toile, et partait à travers la campagne jusqu'à l'enclos où se trouvait le cheval dont jour après jour elle faisait le portrait. La mère de Roxane était à cette période constamment absorbée par Internet, elle travaillait ou tchattait, on ne savait jamais trop ; célibataire depuis quelques mois, elle avait décidé de remédier à la situation et passait une bonne partie de ses jours et de ses nuits sur un site de rencontres ; elle espérait une relation durable, comptait bien cette fois réussir le délicat passage à la real life.

Du coup, Roxane avait beaucoup de temps pour peindre, des heures et des heures pour perfectionner son art, pour préciser son dessin au crayon, travailler ses glacis, une technique vraiment géniale où tu crées le volume par la succession des couches de peinture, tu superposes des couches transparentes de peinture diluée et le volume du cheval se gonfle et se creuse en ombre et lumière au fur et à mesure sur la toile. Roxane était tellement absorbée par le bonheur des glacis, des couleurs, des formes et des volumes qu'elle restait là longtemps dans la douceur de fin d'après-midi, elle gonflait et redégonflait le volume de la cuisse, elle gonflait et dégonflait silencieusement heure après heure le volume de la tête, du flanc, de la crinière. Elle profitait pleinement de sa solitude.

C'était sa manière à elle de se retirer du monde, des conversations financières et des agissements de Goldman Sachs et consorts. Elle avait mis ça au point inconsciemment, elle ne théorisait pas, mais force est de constater qu'elle avait raison. C'était une super attitude, elle conservait la zone de silence, le sas de néant qu'il faut à tout prix établir et protéger dans les économies mondialisées.

Parce qu'ainsi sont les périodes d'économie mondialisée : dans ce genre de périodes, tout est lié à l'échelle planétaire ; on ressent fortement que des choses spatialement très éloignées sont interdépendantes, qu'on n'est jamais loin du magma. Dans ce genre de périodes, il y a un côté agglutinement parfois insupportable, ce côté *Je mange une glace à Santiago et tu frissonnes à Toronto,* ce côté *Tu sautes à Lomé et je rebondis à Taipei,* ce côté *Je lève le bras à Rotterdam et quelqu'un se gratte à Karachi.* Une ambiance réseaux donc, une ambiance tuyaux embrouillés qui relient un peu tout à n'importe quoi, où on a l'impression de ne jamais être seul cinq minutes. Lévi-Strauss l'avait d'ailleurs déjà constaté avec amertume : un jour où il voulait embarquer pour le Brésil, il apprit qu'il y avait un délai de quatre mois avant d'obtenir une place sur un bateau. Déçu, vexé, il annula la promenade, ça lui faisait un choc. Vingt ans plus tôt, lorsqu'il se rendait en Amérique du Sud pour ses missions d'ethnologue, les voyageurs étaient si rares, il restait tant de places libres sur les bateaux, que la traversée était luxueuse ; le cuisinier de bord leur servait des rations royales de poularde et de turbot. Lévi-Strauss en conclut que le monde était devenu trop petit pour le grand nombre de ses habitants. Pourtant on était en 1955 et la Terre ne portait encore que 2,7 milliards de personnes. Bref, à ce compte-là, avec cette ambiance pressante de boîte de nuit, il vaut mieux des populations très solides pour donner le change, des populations de récalcitrants, il vaut mieux des carrément têtus.

La question *Que peindre ?*

Roxane, insulaire et têtue, prenait comme unique sujet de ses tableaux un alezan du voisinage. Elle refusait définitivement de se poser la question *Que peindre ?*, question centrale pour beaucoup de peintres d'un bout à l'autre du 20e siècle, qui, s'interrogeant sur leur pratique, regardaient par la fenêtre la beauté du dehors, puis regardaient dans la maison la beauté du dedans, et hésitaient : dehors, dedans, dehors, dedans, dehors, et finissaient parfois par peindre la fenêtre. Roxane, elle, avait fait un choix, choix incompréhensible pour la plupart d'entre nous, puisqu'elle s'était spécialisée dans le genre pictural légèrement désuet de la peinture équestre, mais elle s'y tenait et n'écoutait aucun conseil. « Ma Roxane, ma poupée, pourquoi peindre des chevaux ? interrogeait parfois son père lorsque Roxane passait chez lui les petites vacances, pourquoi t'entêter dans cette carrière de peintre animalière ? » « Je me suis renseigné, disait-il. Tu sais que des institutions comme la DRAC ont rayé depuis longtemps cette catégorie de leurs listes. Ça signifie que tu n'auras jamais aucune subvention. » Mais Roxane se bouchait les oreilles. L'été durant, elle passait ses journées, concentrée et heureuse, à dessiner des chevaux.

À force de penser à Roxane évoluant dans la densité végétale, me reviennent les images d'un rêve qu'il faudra que je vous raconte. Ce rêve, vert et bleu, se déroule aux abords sauvages d'un lac américain ; aussi cette verdure constante autour de Roxane m'y ramène. À vrai dire, il se trouve que tous les sujets finissent à un moment ou à un autre par se mettre en relation avec mon rêve américain. Si bien que c'est chaque nuit que je fais ce rêve. Je vous le raconte très bientôt.

Roxane, donc, ne tenait aucun compte des recommandations de son père lorsqu'il lui suggérait d'essayer d'autres médiums, land art, vidéo, body art. La campagne était vert pomme, noire, lumineuse, et pour une fois que sa mère était trop absorbée pour veiller sur ses activités, pour une fois que ses frères étaient au travail et ne s'occupaient pas d'elle, Roxane poursuivait tranquillement son œuvre. D'ailleurs si le conseiller DRAC de sa région avait longé la clôture pour venir lui donner son avis, elle ne l'aurait même pas regardé ; si l'agence de notation financière Standard & Poor's s'était approchée d'elle à travers champs pour lui coller une note, elle n'aurait pas écouté cette note ; si l'agence Moody's lui avait attribué une note minable, comme la dernière fois quand ils avaient mis un Caa1 à la Grèce, ou même la fois où ils avaient mis le Baa2 à Vivendi, Roxane, elle, n'aurait pas remboursé un seul centime, la note ne l'aurait pas atteinte. Elle avait ce genre d'imperméabilité. Roxane disait exactement comme Alan Greenspan, l'ancien directeur de la FED, la Réserve fédérale américaine, que les gens ont cru que les agences de notation financière connaissaient leur métier, alors qu'elles ne savent pas ce qu'elles font. Roxane n'écoutait rien d'autre que le silence et continuait d'immortaliser tout l'été le cheval des voisins.

Real life

Je sais, on ne rencontre pas souvent dans le réel ce genre de petite spécialiste de neuf ans ; c'est néanmoins plus fréquent de nos jours avec les rencontres par Internet. Au fil des réassemblages incessants des couples, on tombe plus facilement sur des personnes ayant pour enfant une fillette singulière, une fille de neuf ans dissimulée dans tel ou tel recoin de campagne mousseuse, et qui dévoile subitement sa troublante présence.

C'est ainsi, grâce à ces sites de rencontres, qu'au rythme accéléré des divorces, nous voyons débouler chez nous, à nos barbecues, buvant des verres au milieu de nos jardins, tous ces nouveaux partenaires, ces gens étranges rencontrés via les Meetic, les webromantique ou les mektoube.fr : nous voyons débouler sur nos pelouses et parmi nos massifs de dahlias ces bandes d'hôtesses de l'air et d'inspecteurs des impôts, ces ingénieurs de l'armée, ces directrices de centres de formation, ces électriciens au regard fuyant, tous ces coiffeurs décomplexés qui ne cessent de nous surprendre. Ainsi déferlent dans les familles des gens qu'on n'avait pas l'habitude d'épouser, des gens qu'on n'aurait jamais rencontrés auparavant, lorsqu'on se mariait via les méthodes anciennes, emplois dans des bureaux contigus, voyages organisés, fêtes technos ou échange des femmes entre tribus voisines. Des gens qui ont aussi parfois quelques kilos en trop, le fameux embonpoint invisible : c'est-à-dire que dans la puissante tornade qui fait passer de la rencontre virtuelle à la real life, beaucoup de données sont interprétées n'importe comment à la va-vite, et ces kilos en trop, qu'on aurait refusés tout net dans un night-club, s'effacent miraculeusement et passent en pertes et profits.

Et puis, de temps en temps, le couvercle du paysage s'ouvre, et on découvre là, débarquant dans le sillage d'un de ces nouveaux partenaires, un être paisible et têtu dans son étrangeté, une Roxane excentrique qui a un cheval pour ami, un enfant en train de chantonner tranquillement en compagnie d'un cheval dans le crépuscule.

Cet été-là d'ailleurs, avant de parvenir à ses fins, Mirem, la mère de Roxane, avait eu quelques déconvenues avec la real life. Un jour, après une petite semaine d'échanges par messagerie, elle se rendit à un premier rendez-vous avec un jeune homme suisse d'une vingtaine d'années, un peu jeune se disait-elle, mais bon. Or le garçon qui se jeta à son cou sur le bord du lac Léman n'avait que onze ans, sa mère l'attendait dans la voiture. Il tenta de poser sa tête blonde sur la poitrine de Mirem, mais elle détala à toute vitesse, heureuse d'avoir pensé à mettre ses baskets. Une autre fois, elle se sentait très éprise d'un homme ; elle avait aimé sa manière d'écrire, puis sa voix grave de fumeur au téléphone. Mais sur le banc du rendez-vous, elle vit, assis, un homme portant des lunettes noires et tenant à la main une canne blanche d'aveugle ; elle avait fait demi-tour et s'était éclipsée sur la pointe des pieds.

Une autre fois, on lui fit faux bond. Elle s'était rendue au Sofitel avec des talons qui faisaient tap tap tap et lui donnaient confiance, mais arrivée à la réception de l'hôtel en plein après-midi où elle avait eu la drôle d'impression d'être une call-girl, elle n'avait trouvé personne, personne dans le hall de l'hôtel ni au bar, aucune chambre réservée au nom de Brian75. De retour chez elle, furieuse, elle s'était connectée pour s'apercevoir que Brian75, au lieu d'être dans le train, était simplement resté chez lui à chatter, promettant d'autres rencontres, faisant miroiter d'autres week-ends amoureux dans des Sofitel en région.

COLLECTION DE BAISERS (1)

Il paraît qu'avec les cyber-rencontres, le baiser est devenu plus difficile à obtenir, à donner, à réussir. Le baiser a lieu dans la real life, alors que sur les sites de rencontres, la libido passe avant tout par l'écrit ; le corps fait barrage avec son inertie bizarre. Cela dit, pas question de lâcher l'affaire. Nous les Européens, nous sommes des peuples du baiser. Nous aimons tant nous embrasser, nous nous embrassons entre nous bien sûr, mais nous n'avons pas de problèmes non plus avec les autres pays, nous aimons les films où on s'embrasse un peu tout le temps. Lorsque nous rencontrons des personnes qui embrassent mal, nous nous efforçons de régler le problème.

La bordure bleu pâle

Et tout ce temps, Roxane restait dans sa paisible indépendance, dans ce souffle d'air infranchissable, sa bulle silencieuse. Ainsi sont les enfants à chaque fois qu'ils ne font pas finance. Il est d'une importance primordiale qu'une fine bordure enveloppe cette fillette, et que Roxane flotte sur la prairie comme un bloc séparé : bloc séparé en robe bleu ciel, ballon bleu ciel flottant au-dessus du sol, bloc de fille tenant par elle-même, avec autour la robe bleue ; et autour de la robe, cette bordure d'indépendance d'un bleu légèrement plus pâle la démarquant clairement du paysage. Les petits, les enfants, sont entourés de cette ligne bleu très pâle que chacun doit veiller à préserver. Ils sont au calme à l'intérieur, le bruit du monde est atténué, la ligne bleu clair est un peu plus vaste que leur corps, elle se déplace avec eux, les protège. C'est beau à voir, c'est subtil.

Eh bien, précisément, c'est à ce stade subtil de la délicatesse dans les relations humaines qu'à Tokyo, entre 1988 et 1989, un autre personnage, un jeune otaku nommé Tsutomu Miyazaki, se prit lamentablement les pieds dans le tapis.

Otaku classique et otaku tueur

À Saitama, capitale de la préfecture de Saitama au nord de Tokyo, entre 1988 et 1989, Tsutomu Miyazaki, alors âgé de vingt-six ans, tua sauvagement quatre fillettes de quatre à sept ans, les mutila, les dépeça et les dévora en partie. Il fut interpellé en juillet 1989, condamné à mort en 2001 pour meurtre et cannibalisme et exécuté en 2008. Lui qui était jusque-là un garçon certes timide et renfermé, mais banal, un otaku typique de sa génération, se métamorphosa en otaku tueur.

La population japonaise eut du mal à se remettre du fait divers. Dans les débats atterrés qui suivirent, on disserta longuement sur les otakus, et il fut sans cesse question de la grosse bibliothèque de Tsutomu Miyazaki, cette bibliothèque qui contenait des milliers de mangas et autant de vidéos porno.

Dans la société japonaise, l'otaku est à présent un garçon bien connu. Là où ses parents zélés trottinent et s'activent, le jeune otaku refuse l'affairisme ambiant ; il traîne en pantoufles l'air blasé, sort le moins possible, vit reclus parmi ses mangas et entretient dès les années 80 un rapport privilégié avec son écran de télé et son ordinateur. Certaines fois, les choses se gâtent : l'otaku pourra être victime d'hallucinations ; un jour par exemple, un otaku était en train de somnoler dans la pièce à tatamis, quand soudain de la neige apparut sur l'écran de son téléviseur et il vit sa mère sortir de l'écran en trois exemplaires qui s'agenouillèrent sur les tatamis autour de lui ; puis ces trois mères identiques se mirent à lui adresser des reproches sur son mode de vie. Ce fut désagréable, mais bénin, il n'en tint aucun compte ; et dans l'ensemble, l'otaku est un garçon calme et sans histoire, qui lit et visionne obsessionnellement.

Tsutomu Miyazaki était ainsi pendant des années, l'otaku classique, loin d'être adoré par le groupe social, mais toléré. Il était taciturne, sortait peu, parlait peu. Or un jour, il passa à l'acte et tua les quatre petites filles des environs de Tokyo. Il fit d'elles tout ce qu'on peut imaginer de pire. Il eut des relations sexuelles avec leurs cadavres, découpa des morceaux, en mangea après les avoir fait cuire et en envoya d'autres aux parents des fillettes accompagnés de messages qu'il signait du pseudonyme Yuko Imada, nom d'une héroïne de manga porno et violent. Tsutomu Miyazaki ne prit pas la mesure de la légère bordure bleue qui entourait les fillettes de Saitama et qu'il n'aurait jamais dû traverser. Tsutomu Miyazaki était si surexcité, si aveuglé, qu'il cessa de discerner le visage des fillettes. Il ne fit plus la différence robe / fille, ni le distinguo intérieur / extérieur, il ne fit plus aucun distinguo. Alors comment aurait-il pu percevoir ce subtil scintillement environnant les fillettes, ce trait fragile d'un ton plus pâle que la robe ? Il y eut un moment où il fut aveuglé et où il oublia de prendre en considération que, pour le bien commun, les fillettes doivent toujours flotter en paix dans leur bulle autonome, une bulle où résonnent des chuchotis intérieurs, des clapotis, des chantonnements destinés aux chevaux. Il oublia que les fillettes doivent flotter sans entrave, flotter chacune dans sa robe. À un moment, il oublia les nécessités de cet écosystème fragile, il se mit tout simplement à courir, il se mit à vociférer et leur rentra dans le lard.

Étagères & sauvagerie

Tsutomu Miyazaki portait le même nom que les célèbres auteurs de dessins animés Hayao Miyazaki et son fils Goro Miyazaki. C'est un hasard : Tsutomu Miyazaki n'avait rien d'un auteur. Il était même justement le contraire d'un auteur ; il était plutôt son complément, le pur lecteur, le pur spectateur. Tsutomu Miyazaki était un collectionneur vorace d'œuvres pour adultes ; il avait une activité si frénétique de consommateur, qu'il devait disposer d'un magnétoscope fiable à 100 % qui ne tombe jamais en panne. Sa bibliothèque devant, comme celle de tout grand lecteur, absorber sa sauvagerie à la manière des plantes dépolluantes, il lui fallait disposer de grands murs et de vastes rayonnages, d'étagères toujours plus hautes, recouvrant toujours plus les murs de son appartement, capables d'accueillir cette immense et atroce collection, tout ça dans un habitat tokyoïte, connu comme l'un des plus exigus du monde.

Au Japon, la déception fut incommensurable. Un acte d'une telle atrocité n'aurait jamais dû se produire dans un pays où l'on s'organise pour le rendre impossible, où les gens ont pris l'habitude de très peu se tuer les uns les autres. Avec 0,4 meurtre annuel pour 100 000 habitants contre 5,4 aux États-Unis ou 72 au Salvador, le Japon est exemplaire pour la faiblesse de son taux d'homicides. Les gens ne s'agressent pas sitôt les lumières éteintes, n'ont pas tendance à se fouiller mutuellement dans le sac à main pour s'y dérober les porte-monnaie. Dès qu'ils trouvent un porte-monnaie, un ballon, un mouchoir, dans la rue, ils le rapportent au Koban, le poste de police. Quand éclata la bulle financière asiatique dans les années 90, cet atavisme se révéla d'ailleurs comique : un bienfaiteur anonyme avait eu l'idée de déposer des enveloppes de billets dans les toilettes publiques pour aider ses compatriotes ; mais les gens qui trouvaient les enveloppes les ouvraient, voyaient tous ces billets et, au lieu de les garder pour eux, rapportaient les liasses intactes au poste de police. Par contraste, le quadruple meurtre de Miyazaki accabla la population.

Étagères & sauvagerie

Une autre fois, Umberto Eco, grand collectionneur de livres, fut victime de la voracité bibliophile. Cela se passait en 1962, il venait de prononcer une conférence sur Superman. Jeune universitaire, lorsqu'il était invité dans des colloques avec des professeurs extrêmement sérieux, philosophes, jésuites, sémioticiens, il aimait donner un coup de pied dans la fourmilière en se penchant sur des œuvres de la sous-culture que personne ne trouvait a priori dignes de l'intérêt universitaire. Ce jour de 1962, il avait posé sur sa table de conférencier des exemplaires de Superman provenant de sa collection personnelle de comic books ; il avait détaillé les talents de consolateur de Superman, et montré qu'en tant que superconsolateur, Superman n'est pas un vrai révolutionnaire, mais plutôt un réformiste. À la suite de son allocution, prenant prétexte de vagues félicitations ou demandes de renseignements, plusieurs savants s'approchèrent de la table et en profitèrent pour lui voler ses BD en les glissant dans leurs manches ou dans leurs sacoches.

Ce moment où on a physiquement besoin de se connecter

Suite au quadruple meurtre, ça polémiqua très dur dans la société japonaise au sujet de la violence. On voyait dans le cas Miyazaki l'échec de tout un système, des digues soi-disant solides qui en fait prennent l'eau. Nous avons tous déjà vécu des discussions comme celles qui divisèrent alors la population. Chez nous, ce genre de conversation se déroulera souvent en fin de repas, entre parents d'adolescents, dans l'ambiance euphorique d'un déjeuner de fête.

Bon, prenons un repas de fête, chez nous, en France. J'en ai vécu un, par exemple, la semaine dernière, c'était samedi midi avec des amis. À un moment du repas, à la faveur de l'alcool, des plaisanteries et des bons petits plats, un gros fou rire collectif s'est déclenché entre nous, un fou rire lié à une broutille tandis que, le plateau de fromages passé, nous allumions les premières cigarettes. Juste après ce fou rire, nous avons essuyé nos larmes, et tout le monde a commencé à avoir envie de se connecter – pas encore le moment où l'on devient irritable de ne pouvoir se connecter, juste une amorce de désir de connexion, bref. Donc, au moment du gâteau, du café, des cigarettes, quand tout le monde avait envie de se connecter, a débuté un échange à fleur de peau entre parents d'adolescents accros à des jeux vidéo violents.

Un parent, Audrey, a lancé la discussion à 14 h 51 : « Les jeux violents accroissent-ils la violence de nos ados, ou sont-ils un exutoire permettant de réguler leur violence ? »

Bon, nous connaissons par cœur les arguments, on les a déjà entendus cent fois, en mangeant une centaine de gâteaux après une centaine de fous rires. Pourtant c'est très beau, ces conversations où l'on imagine la violence des jeux déferlant chez nous, dans nos salons. Car c'est cela que nous redoutons au fond : nous redoutons que la violence des jeux s'incarne dans nos maisons et qu'on finisse par nous confondre avec des cibles à abattre, des vampires à désintégrer au laser ou des briques à casser ; nous ne voulons pas être pris pour des balles à lifter, ni que des Pac-Man nous confondent avec leurs croquettes.

« Ne t'inquiète pas trop, a répondu Stéph à 14 h 53, Quentin casse de l'alien six heures par jour depuis deux mois, mais je le trouve plutôt cool, plus concentré aussi. Il a une copine. » D'après Sandrine, à 15 h 03, les développeurs devraient modifier les jeux pour les moraliser : « C'est stupide que les joueurs gagnent des points lorsqu'ils écrasent des piétons, il serait plus logique qu'ils en perdent. En plus, c'est une opération basique de programmation, une petite modif dans le logiciel, les résultats sont probants sur les groupes d'ados testés. » En attendant, Sandrine est devenue parano ; elle se méfie quand elle traverse les pièces de la maison et vérifie qu'il n'y a pas de snipers embusqués. Un jour où il sortait de la salle de bains, a témoigné Thierry, dont le fils Gaétan joue à Civil War, un jeu de guérilla urbaine, il a reçu sur l'oreille un gros livre de poche format pavé.

29

«Vous vous trompez, a dit Valentine qui, enseignante, adore ce sujet de conversation sur lequel il semble qu'elle mène plus ou moins l'enquête auprès de ses élèves. Les études psychologiques prouvent exactement le contraire, a expliqué Valentine en faisant le tour de la table à 15 h 18 pour servir les cafés : il ne faut pas avoir peur, les jeux violents canalisent la violence. – J'ai quand même reçu un pavé en pleine tête, a répondu Thierry. – Sans le jeu de guérilla urbaine, a répondu Valentine, tu te serais peut-être pris sur la tempe un tome de l'encyclopédie, voire l'armoire à pharmacie. – N'importe quoi, Valentine, tu exagères, a dit Thierry en reprenant une cigarette dans le paquet de Valentine. – Je n'exagère pas, a dit Valentine, il faut que tu comprennes que les jeux vidéo violents sont comme la tragédie grecque, ils servent de catharsis à nos ados. La violence imaginaire détourne et limite la violence réelle, c'est une prouesse de l'esprit humain. La catharsis est un truc formidable : on empêche de vraies giclées de vrai sang bien rouge, bien sombre, bien liquide, juste en racontant des histoires, juste en étant la bonne vieille grand-mère assise dans son fauteuil. – Une grand-mère plutôt violente, a fait remarquer Sandrine, d'une petite voix toujours pas rassurée. – Exactement, a dit Valentine, la bonne vieille grand-mère vidéo ultraviolente.»

Étagères & sauvagerie

Eh bien, ces échanges de fin de banquet que nous connaissons tous sont très proches des débats qui déchirèrent le Japon au début des années 90, quand Miyazaki eut commis ses atrocités.

La bibliothèque remplie de mangas violents et porno aurait dû protéger Miyazaki du passage à l'acte, dirent certains, car la lecture assidue dès la petite enfance de ces mangas truffés de scènes sexuelles joue dans la société japonaise le même rôle de catharsis que la tragédie en Grèce antique. Plaquez un manga violent sur votre violence et par là le surplus de violence peut s'écouler ; plaquez un manga très cru sur votre surexcitation sexuelle, et c'est comme si vous ouvriez devant elle une issue de secours clignotant dans l'obscurité. Violence et pulsion sexuelle s'échappent par là où on les guide, empruntent le canal comme des bateaux en feu et disparaissent entre les bordures vertes, l'eau verte, le ciel vert ; elles se volatilisent. D'autres pulsions et d'autres violences renaissent à leur place, qu'on guidera de façon semblable, et ainsi de suite en flux continu. Au fur et à mesure que le calme, la normalité, la gentillesse sont restaurés en eux, les lecteurs japonais se débarrassent des mangas après les avoir lus en les jetant dans des poubelles réservées à cet effet.

Or il faut noter que Miyazaki ne jetait pas ses mangas à la poubelle : il les conservait chez lui, il avait besoin de leur présence dans sa bibliothèque. Certains déduisirent que l'appartement de Miyazaki était trop petit. Il lui fallait toujours plus d'ouvrages. On aurait pu déjà commencer par lui fournir un appartement plus grand, avec encore plus de rayonnages.

D'autres dirent que le bouc tragique à sacrifier à l'intérieur de Tsutomu Miyazaki était trop grand, trop sauvage. Il débordait toute bibliothèque possible.

Real life

Pendant ce temps, dans le courant de l'été, Mirem, la mère de Roxane, avait passé en beauté le cap de la real life. En une seule soirée d'échanges virtuels assez torrides pour emporter le réel sans problème dans leur flux, elle tomba amoureuse de Malcolm, précisément l'homme idéal – à un seul petit détail près, avait pensé Roxane, son métier de consultant en entreprise spécialisé dans les audits communication.

Ce soir-là de juillet, alors qu'elle revenait en France après une tournée en Espagne pour commercialiser des vaccins, Mirem fit escale à Lloret de Mar sur la Costa Brava. En entrant dans l'hôtel, elle se sentit déphasée : toute la clientèle était ivre et parlait allemand ; personne n'avait plus de vingt ans, excepté l'hôtelier et le service d'ordre ; dans la boîte de nuit au sous-sol, les danseurs ne tenaient déjà plus debout. « Ce sont des bacheliers berlinois qui fêtent leur Abitur, expliqua le gérant de l'hôtel, même ambiance dans les autres hôtels de la ville. Heureusement, dans ce quartier-ci, nous n'avons que des rues perpendiculaires et sans recoins, dont le béton lisse est pratique à nettoyer au karcher chaque jour au petit matin. »

Lorsque Mirem se connecta dans sa chambre blanche et fraîche, il n'était que vingt et une heures. Malcolm était là et répondit. A priori, il aurait dû être occupé à rédiger les bilans qu'il était censé rendre aux entreprises en début de semaine, mais il n'avait pas dépouillé les questionnaires remplis par les salariés. Il ne se concentrait pas, ses rapports et bilans stagnaient, peut-être n'était-ce pas plus mal. Malcolm et Mirem reprirent l'échange où ils l'avaient laissé une semaine auparavant. Le rythme s'accélérait, ils répondaient du tac au tac, la greffe prit, ça devenait frénétique, il y avait une montée en puissance incroyable. Malcolm avait de l'humour, il trouvait chaque fois la formule mordante. En une seule soirée, ils iront très loin dans les confidences et les fantasmes.

Chez lui, Malcolm sentait une odeur de brûlé, mais il n'y allait pas. Il se doutait que ça venait du four. Peu importe, il n'était pas là pour obéir aux ordres d'un pauvre four, en plus un four Daewoo. Malcolm avait tout le temps un doute avec ce four. «Est-ce que Daewoo n'est pas sponsorisé par la secte Moon? se demandait-il à chaque fois, est-ce que ce four n'a pas quelque chose à voir avec ces fous dangereux, avec ces sordides mariages collectifs qu'on voyait autrefois à la télé, où des centaines de clones habillés en gris se faisaient des serments de fidélité en coréen?» Tandis qu'en ligne, on était à mille lieux du mariage collectif, c'était du pur individuel qui était en train de prendre. Aïe, aïe, aïe, Malcolm avait des crampes dans les mains à force d'écrire, il avait de la tachycardie, une érection, des rougissements. Nan, nan, je n'irai pas me coucher, se disait-il, pas question. Car ce avec quoi on veut s'endormir dans ces cas-là, c'est une adresse de messagerie perso, ou mieux, un numéro de mobile.

Malcolm obtint le précieux numéro, s'éloigna vers sa chambre complètement survolté, dormit d'un sommeil survolté. Entre-temps il avait ouvert son Daewoo et trouvé dedans un tas de matière noire calcinée, il ne se rappelait plus du tout ce que c'était à l'origine, un petit rosbif, une grosse quenelle, un gâteau sans moule? Mirem, avant de dormir, fit un tour au bar de l'hôtel pour voir où en était l'Allemagne avec son rite de passage. En quelques heures, tous les danseurs étaient sortis du coma, une capacité à se remettre très vite en selle à partir d'une situation désespérée qui est de très bon augure pour l'avenir de l'Europe. Michael Jackson avait enfin quitté son cercueil absurde pour se réincarner dans une classe de grands blonds aux chevilles

34

flexibles. Mirem dansa un moment puis s'installa au bar avec une bachelière allemande en larmes. Ensemble, elles renversèrent la tête en arrière tandis que le serveur grimpé sur un tabouret versait de la tequila par-dessus le comptoir directement dans leurs bouches ouvertes.

Étagères & sauvagerie

Une semaine plus tard à peine, Mirem et Malcolm, accompagnés de Roxane, comparaient des modèles d'étagères dans un magasin de meubles. Là, parmi une foule compacte, la foule compacte des gros lecteurs de l'agglomération à la recherche de mobilier assez vaste pour contenir leurs livres, leurs cd, leurs dvd, toutes les œuvres de la pensée dont il leur faut sauvagement s'entourer, Roxane découvrit un garçon de trois ans égaré devant les étagères. Le minuscule garçon en salopette rouge pleurait et appelait sa maman d'une voix aiguë presque inaudible, en serrant sous son bras la revue *Apprends à dessiner et deviens mangaka*. Roxane avait l'habitude de trouver des enfants dans les magasins où les gens sont tellement absorbés par les produits et les prix qu'ils perdent leurs petits. Pour le réconforter, elle s'assit avec lui devant une table basse et commença à dessiner un cheval au crayon de papier sur les pages blanches de la revue de mangaka. L'enfant accepta de prendre un crayon et dessina lui aussi un petit cheval. Pas parfait, on aurait dit que le cheval de profil n'était pas le même cheval que le cheval vu de face, mais c'était un début. Roxane dessina avec lui des hachures pour les fonds, lui enseigna l'élimination des traits parasites.

Malcolm et Mirem tout en continuant à étudier les modèles d'étagères glissaient paroles apaisantes et arguments pro-parents. Persuasif, Malcolm donnait l'impression de connaître les parents : il pariait que les parents allaient revenir, qu'ils étaient déjà à sa recherche, les parents s'apercevraient tôt ou tard de sa disparition, tout se terminerait bien. Roxane, qui appréciait Malcolm bien que rebutée par son métier, lui en voulait : « Ok pour consoler, pas pour mystifier. Avec sa communication interne, se disait-elle, il a pris le pli de rassurer des inconnus, de leur servir des salades pour qu'ils se tiennent tranquilles. » Une fois calmé, le petit garçon s'était pris au jeu de la peinture animalière, il adorait le dessin hippique, il aurait voulu un Kabura-Pen pour repasser les traits principaux de son dessin et remplir à l'encre les aplats noirs.

Finalement, derrière le petit garçon en train de hachurer un motif de tronc d'arbre, Roxane vit s'approcher la famille, les parents, agités et furieux, poussant un caddie où ils n'avaient encore rien mis de plus que leurs autres enfants. La mère du petit retenait sa colère. Malcolm lui dit plaisamment : « Je crois que ce petit garçon aura besoin très vite d'un Kabura-Pen et d'une petite bouteille d'encre.» Sans répondre, elle remercia Roxane d'un ton sec, et emmena son garçon vers les cuisines équipées, elle avait quelque chose à lui dire. Elle lui emprunta *Apprends à dessiner et deviens mangaka* et s'en servit pour lui taper sur la tête. Roxane fit un petit signe d'au revoir au minuscule garçon qui, son magazine à nouveau sous le bras, agitait la main en s'éloignant. Cela se terminait effectivement comme beaucoup d'audits en communication.

COLLECTION DE BAISERS (2)

Un jour, j'ai décidé de me lancer. J'ai bien réfléchi à la place qu'il me fallait, à l'organisation, à la pérennité de mon projet, puis j'ai commencé une collection. Je suis de ceux qui pensent qu'on doit bien réfléchir au départ à ce qu'on va collectionner, même si bien sûr il y a toujours le plaisir d'avoir plein de trucs semblables qui fonctionne avec un peu tout. Un classeur de timbres, un tiroir plein de tamagotchis, des potiches, des meubles d'époque, des tee-shirts, des maisons de lotissement, des armes, l'accumulation fera plaisir de toute façon. En fait, comme disait une fille, dès que tu regardes ta collection, même si t'as un coup de blues tu te sens bien, tu es contente de voir ce que t'as déjà accompli. Quand des copines passent chez toi, tu peux leur montrer. Donc, après avoir bien réfléchi, même si je sais que ça a déjà été fait, j'ai choisi de collectionner les baisers.

COMMENT HABITER LE PARAMILITAIRE ?

Un jour en Europe, il y avait une jeune fille très belle qui vivait dans un bâtiment militaire. Et il y avait une autre jeune fille, très gentille, qui se nommait yria-yria. La seconde jeune fille était encore plus jeune, elle avait 16 ans, mais elle rencontrait une difficulté avec son copain qui avait un truc qui n'allait pas. Or, en raison de sa grande gentillesse elle n'osait pas lui dire que ce truc n'allait pas, elle n'osait pas lui dire qu'il avait un défaut, elle avait peur de le blesser.

Avec :

Aurelija

James Brown

Commissaire Moulin

Yria-yria

Christine Angot

Russell Banks

Petite fille

Mouton en manteau blanc

Public du colloque

Peuples européens

La ville européenne

Un jour où j'habitais dans les ex-bâtiments d'un convoyeur de fonds, je me rendis à un colloque de littérature qui avait lieu dans un ex-bâtiment de l'armée.

Nous les Européens, nous ne supportons plus la guerre

Nous les Européens, nous avons changé.

14 h 18 kalidouh > info ou intox ?

14 h 29 PJ > mdr c'est excellent

Nous les Européens, nous avons changé. On dit souvent, ici et là de par le monde, que nous les Européens, nous sommes à présent des personnes douces et gentilles. Et c'est vrai, lorsque nous voyageons on nous en fait souvent la remarque. « Votre concept de soft power est une idée très cool, très douce, particulièrement gentille », nous murmure-t-on quand nous posons nos bagages dans le hall de tel ou tel hôtel d'Asie ou du Moyen-Orient. « Tellement positif de ne pas toujours mettre l'accent sur la violence, les armes, les soi-disant peuples ennemis et l'intimidation brutale », nous glissent les hôteliers en nous tendant la clé magnétique de notre chambre. Et cela nous fait un bien fou d'entendre ce genre de messages lorsque, partout dans le monde, nous rentrons exténués d'une grosse journée de vacances.

« Tellement cool, nous disent les gérants de l'hôtel en nous servant un grand jus d'orange, de remplacer la violence et les armes par les lois internationales, l'établissement de normes, le dialogue diplomatique. » Nous aimons écouter les remarques en ce sens lorsque nous déambulons dans les souks et faisons semblant d'être absorbés par les bijoux locaux. Nous admirons les bijoux sous toutes leurs faces ; bien sûr nous les trouvons beaux, mais en même temps, nous tendons l'oreille à ces aimables commentaires. Lorsque nous bronzons et semblons dormir d'un lourd sommeil sur telle ou telle plage brésilienne, en réalité nous ne perdons pas un mot des conversations de nos voisins de plage qui font allusion à nos efforts de diplomatie multilatérale, à notre refus de désigner, comme le font certains, un barbare parmi les peuples du monde puis de le combattre à mort. Nous savourons en somnolant ces remarques bienveillantes concernant la géopolitique tranquille de l'Europe, son désir de pouvoir dispersé et équilibré sur les différents points du globe. Nous les écoutons, souriant en rêve sur notre paréo fleuri, nous les écoutons citer Tzvetan Todorov, le cosmopolitisme et le projet kantien de paix perpétuelle.

23 h 50 kalidouh > mé bon reste a savoir si c'est pas du mitho

D'ailleurs, il faut le dire, nous les Européens nous ne supportons plus la guerre, nous ne voulons plus en entendre parler. Que l'on vienne nous déranger pour ce genre de choses nous déprime, nous disons : « Nan nan nan. » Nous refusons d'avoir à nous battre ; nous refusons de nous battre premièrement par pur idéalisme, parce que nous trouvons que ce n'est pas bien dans le principe de bombarder autrui, de le pourchasser pour lui jeter des grenades dessus, de tourner vers lui les tourelles de nos chars ; et nous refusons de nous battre aussi par pure flemme, parce que c'est une activité trop technique qui demande du savoir-faire et pas mal d'énergie, et en plus ce truc-là est dangereux. À un moment donné, la plupart d'entre nous parvinrent à la conclusion qu'il faudrait supprimer le service militaire, institution vieillotte qui ne coïncidait plus avec notre état d'esprit. Il y eut un consensus là-dessus, tous les garçons du pays avaient déjà pris l'habitude de se faire réformer ; ils se sentaient inaptes à la conscription, se trouvaient de gros défauts, des maladies mentales, des addictions. De leur côté, les militaires ne voulaient plus d'eux non plus, ils n'en pouvaient plus de supporter cette bande de bras cassés. Le service militaire avait été utile à une époque où des poitrines devaient être opposées à d'autres poitrines. Alors qu'à présent les armes récentes, lance-projectiles à détonateurs téléguidés, blindés amphibies évoluant en atmosphère contaminée, ne peuvent plus être confiées à des amateurs. Ces armes ultrasophistiquées font constamment apparaître notre incompétence, nous nous sentons nouilles. Dès qu'on nous met entre les mains une version ultramoderne de lance-missiles, nous sommes très mal, nous ne savons pas sur quel bouton appuyer, nous rions gênés à l'idée que nous pourrions blesser un camarade.

Villes génériques

Si vous observez différentes villes du dessus pendant une durée suffisante, dit l'architecte Rem Koolhaas, vous conclurez que certaines ne bougent presque pas quand d'autres au contraire se déploient sur la terre comme de la matière, comme un produit homogène qu'on étale en couche épaisse. Dans ces villes-là, les constructions s'ajoutent indéfiniment aux constructions ; nouveaux bâtiments et nouvelles rues s'étalent jusqu'à ce qu'un obstacle les force à s'arrêter, bord de mer, fumerolles d'un volcan. Les solutions qui ne marchent pas y sont aussitôt abandonnées, les bâtiments qui n'ont plus d'utilité sont détruits. À la place se réétale une nouvelle matière de ville, plus réaliste, mieux adaptée. Comme ces solutions réalistes et adaptées peuvent être les mêmes partout sur la terre et dépendent peu des spécificités locales, Rem Koolhaas appelle cette matière de ville la ville générique. Les villes asiatiques sont de bons exemples de villes génériques, tandis que les villes d'Europe rechignent à procéder de cette manière : une pincée de ville générique est simplement saupoudrée par endroits, sur nos aéroports, nos entrées de ville, quelques-uns de nos timides centres commerciaux.

Lorsqu'une ville européenne a l'idée de rénover l'un de ses quartiers, elle aura plutôt tendance à hésiter ; elle se concentre et réfléchit. La ville européenne mettra un temps conséquent à imprimer puis délivrer le papier du permis de construire, et se transforme donc à un rythme lent et mesuré, le rythme de la tortue administrative à qui il vient l'envie de descendre à la rivière. La tortue emprunte le sentier et s'en va de son petit pas sérieux. En chemin, elle rencontre un tronc d'arbre couché en travers du sentier. Elle s'interroge, se demande quelle est la meilleure solution face à cet obstacle, pèse le pour et le contre, puis estime pour diverses raisons qu'elle ne devrait pas l'enjamber. Alors elle fait le tour par le feuillage en philosophant.

Nous et le monde économique, financier, militaire et paramilitaire

La transformation de la ville européenne aura lieu en douceur, avec la réhabilitation en douceur des friches industrielles. Au fur et à mesure que le monde économique, financier, militaire et paramilitaire se découvre de nouveaux objectifs, qu'il dématérialise ses activités ou les délocalise vers d'autres pays, il abandonne les bâtiments qui ne correspondent plus à ses nouvelles ambitions. Aussi nous, les habitants, suivons le mouvement ; nous suivons avec un léger délai, découvrant comme une aubaine ces vastes bâtiments vides, ces casernes désaffectées, ces ateliers de peinture pour voitures, petites usines, hangars de matériaux. Nous les habitants, nous nous promenons, furetons dans la ville et finissons par entrer ici ou là. C'est l'été, nous avons une grosse énergie, nous sommes de bonne humeur, nous traversons le bâtiment en courant, sommes conquis par les dimensions, nous voulons emménager au plus vite. Nous nous sentons de taille pour remplacer le monde économique, financier, militaire et paramilitaire dans les locaux qui ne lui plaisent plus. Pris dans cet élan de transformation de la ville européenne, nous envoyons parfois des courriers pour qu'on nous confie aussi les prisons, mais l'administration nous répond que c'est impossible.

Quelque temps plus tard, l'hiver arrive. L'hiver est une saison importante, parce que c'est la saison où l'on pourra tout de suite faire deux groupes : ceux qui ont besoin de luminothérapie et ceux qui tiennent le coup comme ça. Avec l'hiver, nous continuons d'aimer les dimensions dispro-portionnées de nos bâtiments, puisque de fait nous fuyons l'habitat familial traditionnel de la hutte à l'appartement. Cependant l'hiver, l'esprit des bâtiments est à nu, l'esprit commence à se voir beaucoup plus. Il devient plus ardu d'assumer ce choix de bâtiments rudes et inchauffables, voués aux machines, à l'argent, à la guerre. On ne doit pas se laisser abuser par les médecins et les designers qui achètent des lofts déjà transformés en cocons chauds dont l'esprit postmilitaire et postindustriel est caché derrière le placo. L'hiver de base dans une caserne ou un hangar, lorsque vous êtes occupé à transformer en douceur votre ville européenne, ressemble plutôt à ces photos de lofts new-yorkais des années 50-60 où l'on voit des artistes comme George Maciunas, Allan Kaprow, Trisha Brown ou Merce Cunningham, hirsutes et frigorifiés avec des tas de couvertures sur le dos. Obligés de sprinter dans leurs ateliers pour lutter contre le froid, les artistes new-yorkais inventèrent un art qu'on peut pratiquer en courant avec un paquet de couvertures sur le dos, un art qui réchauffe, brutal et physique : ainsi se développèrent happenings et performances. Impossible de pratiquer la peinture de chevalet avec ses minuscules détails qui demandent une motricité fine du bout des doigts ; impossible de menuiser une table de salon en marqueterie lorsqu'on a les extrémités engourdies à ce point.

Résultat

Nous autres Européens, d'un côté nous sommes des personnes très douces qui ne brutalisent pas leurs villes et transforment avec douceur leur habitat ; d'un autre côté nous les Européens sommes aussi des personnes très douces qui prônent le soft power, repoussent les conflits armés, abolissent le service militaire et vident les bâtiments militaires. Résultat : nous habitons dans des casernes.

Résultat

Un jour où j'habitais dans les ex-bâtiments d'un convoyeur de fonds, je me rendis à un colloque de littérature qui avait lieu dans un ex-bâtiment de l'armée.

COLLECTION DE BAISERS (3)

yria-yria
Posté le 20-03-2011 à 22:34:05
bonjour jai un copain ki sait pas embrasser, il embrasse très très mal c'est trop horrible ☹, mais je sais pas comment lui dire que jaimerais kil sy prenne autrement, mieux quoi. Auriez vous une idée svp mais sans kil se vexe ?

Rêve 1 – *Palmiers sauvages*

Tout ceci me rappelle mon rêve américain, ce rêve beau et simple que je voulais déjà vous raconter tout à l'heure, car je le fais presque chaque nuit. Dans ce rêve, on voit quatre jambes qui passent, deux jambes d'homme et deux jambes de femme, quatre jambes nues se hâtant dans la fraîcheur du petit matin. Je sais, ce n'est pas le moment, la suite plus tard. Pour l'instant c'est au tour d'Aurelija.

Aurelija, une fille à l'esprit caserne

Une fois dans les années 2000, il y avait une jeune fille blonde très belle, avec des joues roses et des nattes blondes enroulées en macarons au-dessus de ses oreilles. Cette jeune fille, arrivée depuis peu de Lituanie, vivait dans une ex-caserne française transformée en ateliers d'artistes, et elle aimait ça. Son esprit n'était pas en contradiction avec l'esprit de la caserne dans laquelle elle vivait ; le bâti militaire, loin de la désespérer, la stimulait ; ça ne lui posait aucun problème.

Les amis artistes d'Aurelija perdaient parfois leur énergie dans ces locaux militaires spartiates. Les tâches pratiques étaient multipliées à cause de l'inconfort. Ils devaient nettoyer les espaces communs, les douches ; il fallait parfois séparer deux pitbulls qui se mettaient en pièces sur le terrain entourant les bâtiments, soit en leur mordant l'oreille pour qu'ils lâchent, soit en les assommant d'un coup de poêle ; lorsqu'ils préparaient le repas, les artistes résidents sprintaient jusqu'à la cuisine à cinquante mètres de là, et s'ils oubliaient une épice, un tupperware, ils faisaient des allers-retours en courant.

Aurelija, elle, ne perdait jamais la moindre parcelle d'énergie. L'atmosphère militaire, loin d'être pour elle un pis-aller, une coïncidence avantageuse des occasions immobilières, représentait un stimulus inépuisable. Aurelija n'était pas accablée par l'architecture militaire, elle n'avait aucun syndrome d'enfermement malgré les portes blindées, les fenêtres grillagées, les sanitaires collectifs. Elle appréciait énormément, et utilisait un bâtiment inoccupé comme décor de ses vidéos. De plus, c'était drôle, dans le bâtiment voisin du sien avaient lieu des tournages du *Commissaire Moulin*. Aurelija observait souvent les tournages de la série policière, ou bien elle s'incrustait un peu plus, participait au travail de l'équipe, se retrouvait embauchée sur le plateau pour divers petits boulots, tenait les panneaux réflecteurs de lumières, aidait aux raccords maquillage, enfilait parfois un uniforme pour faire un peu de figuration dans ce faux commissariat puissamment éclairé.

Quel bénéfice pour l'invention ?

Quel bénéfice la pensée pourra-t-elle tirer d'un esprit féminin aussi radicalement adapté, un esprit adapté à un monde de camps et de barbelés, sans réticences envers le paramilitaire ? se demande-t-on. À quoi ressemblerait un monde dans lequel le féminin ne ferait qu'un avec le paramilitaire ? Certes, un cas isolé est insuffisant pour tirer des lois générales, néanmoins c'est déjà une piste. Quelles combinaisons expérimentales sortiront de cette pensée blonde, quelles idées abstraites entre ces macarons ? Cela sera-t-il une ambiance postnucléaire ? Une scène bucolique de décors forestiers d'où émergent des Russes hagards partis aux champignons en baskets, et perdus depuis trois jours dans la taïga? Cela sera-t-il minimal? Ultratechnologique? Voire sec et discipliné, avec des images d'autoroutes, des fourmis disciplinées et une pauvre idée disciplinée qui trie ses poubelles, ne fume rien et pense toujours à déclarer son médecin traitant?

Un jour au début des années 2000, Aurelija organise une projection de ses vidéos dans la salle d'exposition de la Caserne. Il sera enfin possible de voir ce qu'elle a créé avec son enthousiasme du bâtiment militaire. Aurelija achète du vin, fait cuire des gâteaux et invite ses amis à un goûter juste avant la diffusion de ses films. Ayant passé la nuit précédente avec son frère à rédiger une notice sur ses intentions artistiques, elle est en retard et termine de brancher le matériel en présence des invités, à qui elle distribue, pour les faire patienter, les liasses de son texte photocopié, comme ça se faisait dans ces années-là. C'était d'ailleurs parfois un peu dommage; à force de lire dans les expos, on perdait l'œuvre de vue, on l'oubliait, on préférait lire directement l'explication, on lisait, on lisait, les textes étaient alambiqués mais on s'accrochait, puis on partait au restau sans avoir rien regardé. Dans le cas d'Aurelija, on aura vraiment besoin de voir les films; car les documents explicatifs, traduits du lituanien, sont assez durs à suivre. Impossible par exemple de comprendre pourquoi Aurelija mentionne sur sa notice le chanteur James Brown, référence rarissime dans l'art contemporain, très peu fondé à cette période dans les profondeurs du groove et de la colère.

« Aurelija, je ne comprends pas, pourquoi est-ce que tu cites James Brown ? demande une artiste colombienne. Tu fais comme James Brown ?

– C'est simple, explique Aurelija, en réglant le vidéoprojecteur avec la télécommande, le bras droit tendu au-dessus de sa tête tandis que son macaron gauche est complètement défait, je rappelle l'anecdote où James Brown, qui avait alors une quarantaine d'années, piqua une énorme colère parce qu'on venait d'inventer le disco.

– Ah bon ? Tu n'aimes pas le disco ? demande une autre fille.

– C'est pas ça, dit Aurelija en réenroulant ses cheveux blonds au-dessus de son oreille, vous comprendrez mieux en regardant les vidéos. Mais en gros, je ne fais pas comme James Brown, je fais comme le disco. Je fais comme ce que le disco avait fait à James Brown.

– Mais à qui fais-tu cela ? demande l'artiste colombienne.

– Au commissaire Moulin », dit Aurelija.

L'imaginaire paramilitaire

Effectivement, tous les films d'Aurelija se ressemblaient, et un film type d'Aurelija ressemblait à une scène finale de *Commissaire Moulin,* la série qu'on tournait dans le bâtiment voisin de celui d'Aurelija à la Caserne, et qui fut longtemps une valeur sûre pour TF1, puisqu'elle avait démarré en 1976, fut reprise en 1989 par Yves Rénier son comédien principal et que l'audience cartonnait encore dans les années 2000. Dans les vidéos d'Aurelija, on voyait deux ou trois hommes en cagoule noire se poursuivre, grimper sur des pylônes métalliques, s'agripper à des passerelles et se tirer éternellement dessus sans mourir. On sentait vraiment la présence brutale du bâtiment militaire. Les films d'Aurelija n'avaient rien de narratif : plus radicale que *Commissaire Moulin*, Aurelija ne perdait pas de temps à raconter une histoire. Elle se concentrait sur la fin, sur les scènes qui généralement achèvent les épisodes de séries policières. Sans préliminaires, elle se focalisait sur les rudes scènes de poursuites entre police et trafiquants, qui, dans les séries TV, débutent en voiture et se terminent au pas de course dans des bâtiments industriels désaffectés. Aurelija éliminait les séquences en voiture et se concentrait sur l'intérieur du bâtiment industriel. C'était un matériau masculin, gothique. On retrouvait bien l'ambiance des séquences où Paul Moulin, le commissaire, prend en embuscade un malfrat en l'attirant dans un hangar de zone industrielle en bord de Seine. À un moment, le braqueur psychopathe comprend qu'il est piégé, il tente le tout pour le tout, essaie de s'enfuir, fait un saut rapide en arrière et s'échappe à travers la structure métallique, les escaliers, les passerelles, bondit à travers la charpente comme un chimpanzé, en plus raide.

Dans les séries TV, ces scènes-là sont trop longues, c'est la fin du film, on sait déjà ce qui va se passer, on a envie d'aller dormir. Or, ainsi travaillait ce viril esprit lituanien : au lieu de couper ces scènes finales ennuyeuses, Aurelija prenait le parti de les étirer. Elle les rallongeait à l'extrême et ne conservait que ces scènes finales pour en faire l'unique propos de ses opus. Le résultat était rêche et inhospitalier, comme toujours quand des hommes au corps musclé sont vêtus de vêtements moulants noirs et ont le visage masqué. En résumé, expliquait Aurelija à ses amis artistes de la Caserne, elle faisait subir à *Commissaire Moulin* le même traitement que le disco avait appliqué à James Brown, inventant avec l'œuvre du crooner un nouveau rapport musical.

James Brown 1

Que s'était-il passé entre James Brown et le disco ? L'histoire de James Brown et de son successeur à paillettes, le disco, se déroule en deux parties. À l'origine, le disco n'existe pas et tant qu'il n'est pas là, les choses sont relativement logiques, il y a une logique interne à la douleur. On assiste à l'avalanche de la souffrance humaine, les cris, la douleur, l'abandon ; la douleur déferle partout en avalanche et la douleur s'enfonce aussi comme si le sol était mou, feuilles mortes mouillées, goudron liquide. Sur ce, survient un garçon comme James Brown, qui a une énergie incroyable.

Durant son enfance, James Brown vit chez une tante car sa mère les a quittés lui et son père, les abandonnant dans la misère ; puis son père l'abandonne aussi. On voit le petit James Brown courant sur un talus dans la lumière du soleil, il a la tête illuminée dans le soleil ; il se mariera quatre fois ; un jour il promet de ne plus se droguer ; une autre fois il perdra son fils ; il reverra sa mère seulement à la fin de sa vie mais ce sera trop tard. Bref, James Brown fait corps avec la souffrance générale. Mais voilà, contrairement à la plupart des gens, il ne se laisse pas terrasser par cette souffrance, il a toujours une réponse d'avance, il répond à tout par le torrent de groove de ses chansons. Le groove invente comment bercer et consoler le désarroi intense de James Brown, et par extension il berce et console le reste du monde. Le groove empoigne l'individu et le secoue tête en bas comme dans le saut à l'élastique. La profondeur de son âme est sur tous les fronts, James Brown répond du tac au tac, il fait des lots de réponses où toutes les souffrances sont traitées.

Jusque-là, tout est logique voire biblique. Les chansons, surtout en concert, sont des moments où le public s'enfonce, vigoureusement guidé, dans les marécages de l'existence ; les gens sont excités, bouleversés ; s'il y a des fauteuils dans la salle de concerts, ils les cassent. Puis, pour revenir à la vie normale, la vie où l'humanité prend des escalators, fait ses courses et se retrouve comme auparavant garagiste, avocat d'affaires ou employée municipale, James Brown ménage le retour au moyen d'une coda instrumentale. La coda instrumentale en fin du morceau a une fonction biologique bien précise, explique James Brown toujours perfectionniste, on revient à la vie quotidienne, les dernières mesures tournent à vide et servent à faire baisser le pouls, à apaiser les sexes des danseurs. James Brown lui-même se reconstitue, la chanson met son moteur au ralenti, tout le monde se recoiffe et rebouche les gros trous creusés au fond de lui. On n'écoute plus vraiment, c'est peu passionnant, c'est même la fonction dépassionnante qui est en route. On se calme.

James Brown 2

La seconde partie de l'histoire, plus fantasque, sera la partie disco. Le disco débarque subitement sur la scène musicale, et il lui prend l'idée d'emprunter à James Brown la fameuse coda instrumentale : le disco laisse tomber le reste du morceau, prélève la coda instrumentale et la met en boucle hors de son contexte. On dirait qu'il fait erreur, comme quand des extraterrestres achètent un paquet de gâteaux mais jettent les cookies et mangent le carton. James Brown enrage, il se dit que c'est absurde, ils ne peuvent pas s'intéresser uniquement à ça, c'est le moment où il ne reste presque plus rien ! Le disco est indifférent aux jérémiades, il a trop lu, ou mal lu, Jankélévitch ; il met le *presque-rien* en boucle pendant des heures, et le voilà content. Le *presque-rien* suffit à son appétit, il reste en surface. «Et c'est super-torride!» hurlent les danseurs suant dans leur pantalon brillant bleu moulant. C'est osé et comique, sauf pour James Brown que tout le monde oublie, et dont les téléphones noirs ne sonnent presque plus, car on a trouvé mieux.

Assistant à cela, le quart de la population se mobilisa et entreprit de donner des conseils au disco. Il était facile de voir ce qui n'allait pas, un enfant aurait pu l'aider à s'améliorer. D'ailleurs les enfants ne se privaient pas de donner leur avis, ils ricanaient, trouvaient cette danse débile. Les enfants n'étaient pas diplomates, beaucoup moins diplomates que les amis artistes d'Aurelija dont certains devront quand même se forcer un peu pour regarder, jusqu'à vingt-trois heures, les dernières projections de ses vidéos à rallonges.

Les enfants et le torride

Le disco avait pris le rôle du crétin et devint la risée des enfants retors au même titre que la série *Dallas*. Mais les trois autres quarts de la population pensèrent que les enfants ne sont pas les mieux placés pour saisir l'esprit de l'époque et les mirent au lit. Pendant que les petits sombraient dans le sommeil paradoxal, ils enfilèrent une tenue moulante, se tartinèrent avec des paillettes, attendirent minuit en fumant, puis sortirent. Et du *presque-rien*, on vit qu'on pouvait tirer quelque chose d'exceptionnellement torride. Bien sûr les enfants ricanaient, mais il faut bien voir que c'est ce ricanement qui leur bouche l'accès au torride.

Rêve 1 – *Palmiers sauvages*

Mon rêve américain se résume surtout à des jambes : on voit, comme dans une séance de cinéma de dix secondes, les jambes nues d'un homme et d'une femme marchant côte à côte ou légèrement décalés, en tout cas assez vite, les quatre pieds nus frappant le sol. Les deux personnages de mon rêve se nomment Charlotte et Wilbourne, ce sont les personnages des *Palmiers sauvages* de William Faulkner. J'ai commencé à faire ce rêve aussitôt après avoir lu le livre, il y a des années. Le reste du livre de Faulkner est passé en mode basse résolution, je n'en ai qu'un souvenir assez flou. Seule est restée intacte cette scène minuscule du milieu du livre, dans une maison isolée, en pleine nature américaine.

À ce moment du livre, Charlotte et Wilbourne viennent de passer les mois d'été totalement coupés du monde dans cette maison prêtée par un ami. Comme Charlotte est mariée à un autre homme, leur histoire d'amour illégitime a valu à Wilbourne de perdre son emploi de médecin.

La solitude ne les gêne pas, au contraire. Pour bien saisir l'atmosphère du rêve, il faut se représenter que la maison dans laquelle passent les jambes est située auprès d'un lac ; il faut prendre la mesure de l'épaisseur verte et silencieuse de la nature. Le séjour au bord du lac est une expérience d'amour adamique isolé dans la nature, sans rapport avec la société, sans rapport avec d'éventuels voisins tondant la pelouse qui feraient un petit coucou par-dessus la haie. Charlotte et Wilbourne ne veulent pas être des voisins, ni un couple respectable ; ils ne veulent pas être un mari, ni une épouse ; la respectabilité est pour eux le repoussoir, la figure du désastre bourgeois. On ne sait pas trop s'il y a du bonheur dans cette vie composée uniquement d'amour, sommeil et baignades, parce que les corps et les esprits sont rugueux, d'une brutalité solide qu'il est bizarre même d'appeler amour. Il y a en tout cas une forme d'intransigeance simple : n'être régi par aucune contrainte extérieure, être ensemble chaque jour, coucher ensemble chaque nuit, n'être soumis à aucune des obligations, aucun des rythmes du monde social.

Au fil des années, à force de les voir passer chaque nuit dans mes rêves, j'ai associé ces quatre jambes sauvages et familières à ce qui, dans l'amour, est de l'ordre de la forêt abrupte et nécessite un isolement vertical, des arbres hauts, un lac ; ces jambes sont devenues l'équivalent de l'amour. Et puis aussi, au fil des années, voyant nuit après nuit ces jambes passer dans mes rêves, je leur ai évidemment aggloméré d'autres choses encore. Au fur et à mesure, j'ai aggloméré à ces jambes la manière que nous avons d'être intraitables, notre précieuse réserve de récalcitrant, notre répulsion absolue pour le monde social. J'ai cristallisé dans ces jambes, dans cette nature silencieuse et ce lac, notre violence qui ne veut pas se restreindre, notre irrationnel primitif qui pouffe et qui ricane, notre corps qui ne veut pas mourir, ne veut pas obéir, notre itinérant qui ne veut pas vivre en société, ne veut pas se plier aux lois, refuse de payer la taxe de séjour. Ces quatre jambes qui passent dans l'aube sont devenues tout ça à la fois.

Étagères & sauvagerie

Il y a deux accessoires essentiels dans mon rêve des *Palmiers sauvages*. Si on voulait le jouer sur scène, ou le filmer, il faudrait se procurer ces deux accessoires : 1 – Une pile de couvertures, 2 – Une étagère. Dans le rêve, on focalise sur les quatre jambes nues qui marchent ou trottent de droite à gauche. Mais l'arrière-plan au fond à droite est important : on y aperçoit le lit, recouvert d'une bonne pile de couvertures, unique endroit de la pièce encore chaud en ce début d'automne où le froid est en train de gagner, où le lac fait frissonner. On sent qu'avec la fin des mois d'été, avec ce froid envahissant la campagne, la situation du couple devient critique ; une menace pèse sur cette histoire d'amour.

Dans la cuisine se trouve par ailleurs une étagère sur laquelle sont rangées les boîtes de conserve dont Charlotte et Wilbourne se nourrissent durant leur séjour au bord du lac. Ces boîtes de conserve sont leur stock de nourriture, non périssable mais non renouvelable. Puisqu'ils n'ont pas d'argent pour en acheter de nouvelles, ils savent que la fin du stock de boîtes marquera la fin de leur vie dans la nature. Charlotte ne se tracasse pas pour l'étagère, elle se baigne, elle dessine, elle fait l'amour, dort, se réchauffe sous la pile de couvertures, elle vit au présent et ne pense pas à la fin. Mais Wilbourne est rendu fou par ce problème d'étagère. Le stock en baisse des boîtes de conserve devient son obsession. Il suffirait de compter les boîtes dans l'étagère et on obtiendrait le nombre de jours restants. Il suffirait de graduer les étagères sur lesquelles se trouvent les boîtes, et on obtiendrait la date à laquelle il faudra réintégrer l'ordre social. L'obsession du caractère fini de l'expérience amoureuse dénature pour lui l'expérience ; puisqu'elle ne durera pas, c'est comme si elle n'avait pas lieu. Charlotte lui dit : « Je n'ai jamais vu quelqu'un vouloir tant que cela être un mari. » Un jour, Wilbourne emprunte à Charlotte des couleurs et du papier et s'éloigne dans la nature pour dessiner. Une fois seul au bord du lac, au milieu de la végétation, comme beaucoup de peintres d'un bout à l'autre du 20ᵉ siècle, Wilbourne réfléchit longuement et se demande : *Que peindre ?* Là où une fille nommée Roxane, notre petite peintre animalière, ne se posait jamais la question et dessinait sans hésiter son ami le cheval alezan, Wilbourne est envahi par le doute : peindra-t-il l'eau et ses légers mouvements ? Tel arbre avec ses couleurs d'automne ou tel spécimen local de plante ? Il lui vient alors une idée ahurissante, surtout si on considère qu'il a pris la peine de s'enfoncer dans la nature avec son matériel de peinture : il entreprend de dessiner un calendrier à l'aquarelle, calendrier bicolore avec des lignes, des colonnes, des chiffres, et une couleur spéciale pour les dimanches et les jours fériés. C'est ainsi, une fois son calendrier terminé, qu'il réalise qu'il ne reste plus à Charlotte et lui que six jours à vivre au bord du lac.

Pas plus qu'Adam et Ève, Wilbourne et Charlotte ne sont jardiniers, mais à la différence d'Adam et Ève ils ont un corps – Adam et Ève première période, bien sûr, s'ébrouant sans problème d'étagère dans la nature sauvage. Au centre des *Palmiers sauvages*, il y a cet îlot : l'expérience de l'amour ; et au centre de l'îlot il y a ce qui le rend impossible : la mortalité du corps si on cesse d'ouvrir des boîtes de conserve. Au centre du centre, il y a donc l'argent.

Dans *Les Palmiers sauvages*, une fois le stock de nourriture épuisé, c'est l'échec : les deux amants quittent la maison au bord du lac, Charlotte trouve un travail, puis Wilbourne ; de là ils dépendent du monde extérieur, leurs emplois du temps ne coïncident plus, ils ne font que se croiser. La période de l'amour est terminée, elle n'a duré que quelques mois. Wilbourne en déduit que l'amour n'existe pas dans la société moderne, parce que la dose d'industrie, d'objets, d'échanges, est trop grande.

C'est indéniable, nous désirons plus que tout vivre d'amour, manger des baies et boire l'eau des sources ; il y a en nous une tension poétique, un désir féerique d'exister seuls dans l'absolu, de vivre isolés, à deux ou en micro-unités, environnés de nature ; bref, tout ce genre de sentiments qu'on pourrait appeler *belles jambes sèches, musclées, récalcitrantes, qui la nuit nous claironnent le rappel.* L'amour comme mode de vie est notre idéal, tout le monde sait ça, l'amour est bien connu. Aussi, un jour, pour voir, j'ai commencé un inventaire non pas des merveilleuses parenthèses amoureuses qui sont toujours une réussite, mais des moments où l'étagère est vide, si bien que normalement vous n'avez plus qu'à quitter les lieux ; mais au moment de partir, vous vous rendez compte qu'il y a un problème : il faut partir mais les jambes nues sont encore là ; vous avez les jambes qui ne se rhabillent pas, qui refusent d'arrêter leur course ; vous partez, puisqu'il le faut, mais vous avez les jambes qui ne passent pas. J'ai pensé qu'il faudrait actualiser l'inventaire de ces situations mi-figue mi-raisin.

D'après Wilbourne des *Palmiers sauvages*, l'intransigeance est aussitôt laminée par le retour en société et par le monde moderne. Mais dressant mon inventaire, j'ai eu l'impression plutôt que cette intransigeance, qu'il s'agisse d'amour, de violence, de relation directe à l'absolu, se retrouvait simplement dissimulée derrière une cloison, pliée, temporairement compressée, et toujours prête à ressortir dans sa totalité, avec son immense sourire, avec sa démence. J'ai noté quelques subtilités récentes de la technologie pour nous rendre dépendants, augmenter indéfiniment les surfaces d'échanges, j'ai noté le recul des possibilités d'autarcie, la mauvaise qualité de l'eau des sources. Et en face j'ai noté comment notre sauvagerie entre dans les vêtements qu'on lui a fabriqués, comment elle se tient à table, comment elle se faufile dans la gestion des emplois du temps, comment elle fait ses courses dans les foires internationales, comment s'y prend notre sauvagerie quand la dose d'industrie et d'objets, la dose d'interpénétration géopolitique deviennent démesurément encombrantes.

La question des couvertures

Un soir, je me suis rendue dans un ex-bâtiment militaire pour assister à un colloque de littérature. Le bâtiment vaste et ancien étant impossible à chauffer, les spectateurs étaient invités à emprunter une couverture avant de rejoindre leur place dans les gradins. L'atmosphère évoquait davantage un gymnase ouvert par la mairie un jour d'inondation qu'un colloque littéraire ; à ceci près que plusieurs des couvertures étaient portées par des écrivains connus invités au colloque, dont on pouvait reconnaître le visage au-dessus de la couverture, car on a lu leurs livres, on les a vus en photo, ils sont comme des amis de longue date bien qu'on ne se soit jamais rencontrés. Dans le quart d'heure précédant le colloque, les couvertures se mirent pourtant à intéresser le public bien plus que les écrivains. La question des couvertures : Où s'en procurer ? Y en aura-t-il suffisamment ? La répugnance aussi devant cette présence de couvertures sur les sièges qui donnait à certains l'impression que des SDF avaient oublié là leur paquetage. Les couvertures devinrent le sujet de conversation principal, comme lorsque des gens se préparent à se mettre au lit et que, fatigués, ils ne supportent plus rien, ils ont peur de ne pas bien dormir et d'avoir froid, ils perdent une bonne partie de leur humour et deviennent pointilleux et intransigeants sur la question des couvertures.

Évidemment, les couvertures étaient vert kaki. C'étaient les couvertures qui servaient aux conscrits dans les dortoirs des casernes, et dont l'armée n'a plus besoin depuis la fin du service national obligatoire en 1997. Comme l'avait dit Jacques Chirac à Anne Sinclair un dimanche soir de 1996, la France n'aurait désormais plus besoin d'appelés, il fallait arrêter les frais avec cette armée d'amateurs. Le Président avait eu ce soir-là des mots très durs pour le service militaire, pour notre incapacité à manier des armes vraiment modernes, sévérité qui n'avait vexé personne, puisque tout le monde attendait cette nouvelle avec impatience ; tout le monde était d'accord pour ne plus passer un an à se faire martyriser par des supérieurs et à porter des sacs à dos pleins de cailloux. Tout le monde sauf le parti communiste qui continua de penser qu'on a tort de rassembler nos armes les plus dangereuses entre les mains d'un petit groupe de gens payés, dont on se demande quand même ce qui les motive à choisir cette carrière plutôt qu'une autre, mais passons. Résultat des courses : des dortoirs vides, des stocks de couvertures vertes, et ce jour-là, jour du colloque, de multiples situations gênantes liées à l'imaginaire du lit collectif.

À un moment, je me suis aperçue que ma couverture était immense, beaucoup plus volumineuse que les couvertures de mes voisins. Chacun semblait avoir sur les genoux une couverture normale à une place, tandis que la mienne était une couverture pour un grand lit. Or, le lit double s'accorde mal avec l'esprit militaire, un lit double évoquera les amours militaires secrètes ; ou encore la vie de couple neurasthénique qu'on attribue aux femmes de gradés, Madame la colonelle errant dans les couloirs, déprimée et agressive. J'étais embarrassée ; la manière dont je peux errer ici ou là, déprimée ou agressive, ne regarde que moi. De plus, les places assises étaient si étroites et l'homme assis à ma droite si grand, que j'avais du mal à enfouir ma couverture entre mes genoux. À un moment, j'ai jeté un œil vers ce voisin qui débordait tout de même beaucoup de mon côté, et me suis aperçue qu'il s'agissait de Russell Banks. Je n'osai pas laisser ma couverture s'étaler sur lui.

J'essayai seulement de lui dissimuler la taille monumentale de ma literie.

Peaux d'ânes en robes kaki

Le colloque allait débuter, nous étions tous plus ou moins calmés, enroulés dans nos couvertures vertes, nous ressemblions à une réunion de rouleaux de printemps, un étalage de Peaux d'ânes en robes kaki, et la scène a pris d'un coup son sens lorsque est apparue sur l'escalier Christine Angot, justement spécialiste de Peau d'âne, qui ne portait qu'un minuscule blouson noir. Arrivée à ma hauteur, elle s'est assise à la place encore libre à ma gauche et m'a demandé après quelques minutes où se trouvait le stock de couvertures. Je ne lui ai pas signalé que j'avais une couverture à deux places, tout était suffisamment gênant comme ça. Je lui ai indiqué la pile en bas vers l'entrée et elle a redescendu les gradins. C'est seulement maintenant, avec un gros temps de retard, que je sais ce que j'aurais dû lui dire, quelle question plutôt j'aurais voulu lui poser. J'aurais dû avoir un peu de présence d'esprit et interroger Christine Angot en tant que spécialiste de Peau d'âne; j'aurais dû lui demander si les robes de Peau d'âne agissent ou non sur la personne qui est cachée à l'intérieur. «Et par suite, aurais-je demandé, pensez-vous que les robes kaki que nous portons nous transforment? Sommes-nous en robes kaki plus militaires que si nous étions en robe rose, jaune ou bleue ? Selon vous, aurais-je poursuivi, en est-il de même pour les bâtiments ? Les bâtiments que nous habitons, ainsi que les technologies quasi exclusivement d'origine militaire que nous utilisons dans notre vie quotidienne, nous transforment-ils intérieurement ? Cela ne comporte-t-il pas des risques pour notre gentillesse d'Européens, pour notre esprit aimable ? » Je sais, ça aurait été trop long comme question. Il aurait fallu consacrer toute une table ronde du colloque de littérature à ce sujet.

Ce faisant, au colloque de littérature, la nuit tombait sur la verrière. On ne voyait plus la couleur des couvertures qui cessèrent d'être une gêne et se contentèrent de nous réchauffer. Les invités du colloque nous tenaient chaud aussi par leurs paroles à la beauté complexe. La littérature est une bataille, expliquaient les écrivains sur scène. Comme dirait Tchekhov, nous tapons, grâce à la littérature, avec un gros bâton sur la tête de l'esclave qui est en nous, nous le visons à la mitraillette, et parfois nous l'atteignons.

Peau d'âne en robe blanche

Le soir, en compagnie de notre petite fille et d'un grand mouton en peluche blanc, nous avons allumé un feu dans notre cour d'ex-convoyeurs de fonds à côté d'une tranchée que nous avions creusée plus tôt dans la journée, pour y faire passer nos câbles électriques, nos tuyaux d'eau et de gaz, travaillant par là à transformer en douceur notre ville européenne. Nous étions assis sur des parpaings autour du feu, à côté des monticules de terre et de goudron que nous avions sortis de la tranchée. Nous prenions garde de ne pas passer trop près du trou lors de nos déplacements dans le noir. Le grand mouton en peluche portait un manteau en fourrure blanche soyeuse, légèrement ondulée, dont la combinaison *élégance d'une soirée de bal / peau de bête* m'a rappelé Peau d'âne pour la dernière fois de la journée. Quand les flammes se sont éteintes, nous avons fait griller sur les braises un foie de mouton offert par un homme qui avait longuement parlé de danse et d'un décor de Carolyn Carlson qu'il avait, je ne sais plus, transporté ou fabriqué, ou actionné durant un spectacle. L'ensemble du repas pris dans cette fraîche nuit de printemps avait une teinte de logique et de rêve, la douce saveur de l'animal qui a lu Bachelard durant son enfance.

COLLECTION DE BAISERS (3)

yria-yria
Posté le 20-03-2011 à 22:34:05
    bonjour jai un copain ki sait pas embrasser, il embrasse très très mal c'est trop horrible ☹, mais je sais pas comment lui dire que jaimerais kil sy prenne autrement, mieux quoi.
    Auriez vous une idée svp mais sans kil se vexe ?

maryvonne

Posté le 20-03-2011 à 22:39:04

t'as pas de chance… tu n'es pas tombée sur le bon numéro

yria-yria

Posté le 20-03-2011 à 22:40:16

merci maryvonne, je sais c'est pas fameux,

il ouvre pas la bouche, rien ☹

il fait des petits becs ☹ c'est horrible, jaime pas mais comment le lui dire ☹

je voudrai pas lui faire de la peine ☹

meliiha

Posté le 21-03-2011 à 02:56:48

Essaie de jouer un peu avec la langue et vois s'il réagit, mord lui les lèvres, j'sais pas… quelque chose qui pourrait faire en sorte qu'il ne fasse plus les p'tits smack mais qu'il essaie d'ouvrir plus la bouche.

Bon courage…

Lina

Posté le 21-03-2011 à 03:09:09

Avoir un copain qui ne sait pas embrasser c'est vraiment horrible, mon copain ne sait pas embrasser et je n'ose pas lui dire

J'ai vraiment envie de lui dire mais j'ai une amie qui elle aussi a eu se probleme et elle a oser le dire a son copain il a vraiment été très vexé et il ma avoué que maintenant il était complexé. Donc voila moi non plus je sais pas si je dois lui dire ou non car je ne veux pas lui faire de mal.

COMMENT FAIRE LE LIT DE L'HOMME
NON SCHIZOÏDE ET NON ALIÉNÉ

Un jour en banlieue parisienne, il y avait trois cadres culturels. Ils adoraient le théâtre, mais aussi les joies simples, pêche au bord du canal, jogging dans les vastes poumons que sont les forêts de la banlieue parisienne. L'un était optimiste, le second était doué en psychanalyse ; seul le troisième était déplaisant. Les élections législatives approchaient.

Avec :

Les 3 cadres culturels

Team municipale

Léon Tolstoï

Philippe

Zurichoise, son dentiste

Sabrina, son chirurgien-dentiste

C. G. Jung

Population des kids

Déjeuners de la team municipale

Un jour en banlieue parisienne, il y avait une team municipale qui déjeunait chaque jour dans un petit restau différent, restaurants grecs tenus par des Turcs, restaurants japonais appartenant à des Chinois, spécialités indonésiennes cuisinées par des Thaïlandais. La team municipale était harmonieuse, tout le monde s'entendait, on parlait politique, culture, progrès social. Au début, ils avaient fréquenté la cantine municipale dans le sous-sol de la mairie, où ils descendaient directement par l'ascenseur. Or l'architecte avait raté l'acoustique de la cantine. On peine à croire qu'il soit possible de rater à ce point un boulot ; c'était comme s'il avait bâti un pont parallèle à la berge. Le niveau sonore de la pièce était insupportable et les employés devaient répéter chaque phrase plusieurs fois, les conversations allaient à reculons, on perdait le fil. Tous finissaient par crier pour se faire comprendre, à tel point qu'après quelques échanges d'idées en hurlant, la team municipale avait l'impression de s'entredéchirer, ils avaient l'impression de se liguer au cours du repas les uns contre les autres, de se faire des scènes de ménage, ce qui était faux, puisqu'en vérité ils s'entendaient à merveille. Ils optèrent très vite pour la solution petits restaus. On était alors en période préélectorale, les élections législatives approchaient, il fallait se galvaniser. Ce n'était pas le moment de se laisser ralentir par les échecs d'un loser du bâtiment, de même qu'au 19ᵉ, les ouvriers ne s'étaient pas non plus laissé décourager par les immeubles alambiqués pleins d'escaliers indépendants conçus spécialement pour qu'ils ne puissent pas se rencontrer, ni se fixer des horaires de réunion, ni fomenter le progrès social. S'ils avaient suivi la logique imposée par leurs bâtiments, les ouvriers n'auraient croisé personne, chacun se serait retrouvé seul dans son escalier, seul à monter, seul à descendre, seul à monter, seul à descendre, seul à monter, seul à descendre.

La gestion des affaires courantes ressemble à un gigot reconstitué

Je dis *période préélectorale*, mais je devrais dire plutôt *période pré-préélectorale*, soit une phase de vide relatif mais aiguillonnée par les élections à venir, époque idéale dans les directions territoriales pour reprendre les choses à zéro, réinitialiser les objectifs. Les élections se profilent, élections municipales, législatives ou européennes, on se sent tiré vers l'avenir, excité par l'enjeu, mais le battage de la campagne n'est pas encore encombrant. C'est ainsi à chaque fois le moment idéal pour redéfinir l'homme non asservi, non schizoïde et non aliéné, et se souvenir par cœur de cette définition. L'homme non asservi, non schizoïde et non aliéné est si fin et évanescent qu'il s'effacera de la couche superficielle des pensées sitôt le scrutin passé. Déjà pour commencer et gagner du temps, appelons-le l'homme non schizoïde et non aliéné.

L'homme non schizoïde et non aliéné donc est la première chose qu'on perd de vue dans la gestion des affaires courantes. En tant qu'élu, on le perd par exemple de vue au premier matin, le lundi, lendemain des élections. On entre dans un bureau, on débute son mandat en s'asseyant au milieu des dossiers à étudier. On dit bonjour au chef de la première division, on se rappelle qu'il déteste le chef de la troisième division. C'est comme s'il y avait un appel d'air entre leurs bureaux, les dossiers sont aspirés et disparaissent, les gens ne reçoivent pas de réponse à leurs demandes, c'est comme si les courriers n'étaient jamais arrivés ; et, en même temps que les dossiers, est aspiré l'homme non schizoïde et non aliéné. Puis on se met à la gestion des affaires courantes, et bien souvent on fait les tâches en pensant qu'on devrait faire le contraire ; on prend des décisions en pensant que ce sont les décisions contraires qui sont les bonnes. La gestion des affaires courantes ressemble à ces gigots reconstitués à partir de chutes de viande et de thrombine, une espèce de colle qui permet la coagulation du sang et fait ressembler à de vrais gigots d'horribles collages de fragments animaux ; puis l'Union européenne autorise ces faux gigots, puis l'extrême droite danoise fait une campagne anti-U.E. montrant sur ses affiches des gigots dégoulinant de colle contraires aux habitudes alimentaires danoises, car, pour l'extrême droite danoise, l'Europe est un gros gigot reconstitué avec plus de colle que de viande, etc., etc. Rien de tout cela n'est favorable à l'homme non schizoïde et non aliéné.

Certes, l'homme non schizoïde et non aliéné ne se jettera pas sur ce faux gigot qui lui serait vendu au prix du vrai, il consomme beaucoup de fromage et de fruits, mais il ne se focalisera pas non plus sur la question alimentaire. L'homme non schizoïde et non aliéné aura ce secret un peu magique qu'ont découvert quelques Coréens dans les derniers mois : il marchera à gauche, à contre-courant donc, et néanmoins se glissera comme un poisson fluide et lumineux à travers ses contemporains sans tomber ni les faire tomber.

Une décision du gouvernement coréen

Depuis 1921, les Coréens marchaient à gauche, circulant par exemple du côté gauche dans les couloirs du métro selon la règle imposée par l'occupant japonais. Il paraît qu'à l'origine, c'était une idée des Samouraïs qui voulaient être en mesure de dégainer très vite leur sabre de la main droite en cas d'urgence ; du reste, assez impulsifs, ils préféraient qu'un sens de circulation clair soit établi. Un sens de circulation vous permet de limiter le nombre de rencontres avec d'autres guerriers, alors que si vous circulez en désordre, vous multipliez les risques de rencontres de guerriers qui viennent dans l'autre sens, vous risquez de vous énerver et d'être obligé de dégainer. Or le gouvernement coréen vient de rompre avec cette règle de circulation à gauche imposée autrefois par un pays ennemi, en faisant repasser le côté de marche à droite. Beaucoup de gens ne parviennent pas à s'habituer à ce changement. Ils ont toujours marché à gauche depuis 1921, le réflexe est profondément ancré. Ils persistent à circuler à gauche, ne pouvant faire autrement, et se font renverser par les groupes de piétons déjà habitués au nouveau système ; à l'exception néanmoins de quelques-uns qui, bien que conservant le côté gauche de circulation, réussissent on ne sait comment à se glisser comme des poissons fluides et lumineux à travers leurs contemporains sans tomber ni les faire tomber.

À qui confier le GPS ?

Dans la file d'attente à la caisse d'un magasin de chaussures discount, une dame se réjouissait que la vendeuse lui ait trouvé en noir le modèle qu'elle avait d'abord essayé en beige. Elle préférait ne pas prendre les chaussures dans le coloris beige, car, disait-elle, cette couleur salissante ne convient pas pour moi qui me fais marcher sur les pieds toute la journée.

De la même manière, au sein de la team municipale, Paco était quelqu'un de toujours placide. Le premier des trois cadres culturels surprenait par son optimisme : il observait le présent y cherchant le meilleur, se concentrait sur ce meilleur, et de là il déduisait les grandes lignes de l'avenir. Son optimisme étonnait ses amis de la mairie, tous prenaient plaisir à l'interroger dans les petits restaurants de la ville ; ses réponses illuminaient la région parisienne. Paco pariait sur un renouveau politique dans un futur très proche ; évidemment tout le monde était stupéfait. Pourtant il n'inventait rien, il devinait. Son intuition politique lui permettait de sentir le renouveau politique alors qu'il n'existait qu'à l'état de traces, comme certaines personnes pourvues d'un odorat exceptionnel repèrent à distance baies et champignons lors d'une promenade en forêt ; de telles personnes s'avancent sans ralentir même quand le sentier s'arrête, passent à travers les fourrés, recalculent l'itinéraire au fur et à mesure et guident leurs amis vers des clairières et des sous-bois regorgeant de girolles en tapis, de bolets et de fraises des bois au goût surconcentré. À de telles personnes on confie volontiers cartes et GPS, se dégageant plaisamment les mains. Un jour, dans une pizzeria tenue par des Algériens, Paco annonça avec un grand sourire : « Avez-vous noté que nous assistons à un retour des protest songs ? »

87 % de grosse envie d'en découdre

« La musique dévoile l'état d'avancement des consciences, disait Paco. La musique est très fine, elle nous donne les meilleurs renseignements, les tuyaux les plus fiables. » Paco pensait qu'une bonne team municipale doit fréquenter les concerts, aller en boîte de nuit le week-end, sentir les inflexions de la musique. Tu écoutes, tu danses ; tu laisses entrer les beats dans ta poitrine ; la musique nous hurle ses infos secrètes directement dans le cœur et informe toutes les teams municipales qui sont prêtes à l'écouter. « Les samedis soirs sont plus instructifs que les dimanches midi, disait Paco, on laisse tomber les repas du dimanche midi, le débat politique n'a plus grand-chose à en tirer. Tout le monde somnole, les gens ne parlent plus qu'informatique, appareils, téléphonie mobile, le paysage devient flou, on dirait qu'il y a du brouillard en bout de table. On oublie ça et on met le paquet sur le samedi soir. »

« Exact, vous avez raison, les dimanches midi ont eu leur heure de gloire, disait Paco quand ses amis objectaient les fructueuses empoignades politiques des dimanches midi. Des milliers de dimanches ont servi à débattre. Notez cependant que les gens s'engueulaient sur des idées préexistantes, idées que nous avions fabriquées dans nos cellules de partis en décalquant nos livres de Marx sur nos villes et sur nos pays, idées qui furent sans arrêt commentées, clarifiées, mises en pièces, apprises par cœur et simplifiées jusqu'à la caricature, par des pères, des fils, des oncles, des beaux-frères et des cousines de la LCR, bref aucun problème pour les repérer. Or imaginons qu'une idée neuve commence à éclore, une idée ténue, cristalline, s'épanouissant dans les esprits, qu'on ne discerne pas encore alors qu'elle est bel et bien là : cette idée, aucun dimanche midi ne sera capable de la mettre au jour. Nous l'apercevrons, si nous sommes attentifs, dans les subtiles inflexions des chansons, dans les gros beats qui défoncent nos poitrines. Les mélodies se faufilent, la musique est si fluide qu'elle prend de l'avance et nous dévoile la maturité secrète des consciences. Les mêmes idées qui ne sont pas encore formulées clairement par les discours syndicaux, qui tâtonnent encore dans nos cerveaux dialecticiens, ces mêmes idées, il faut savoir qu'elles existent déjà. Et où se trouvent-elles à votre avis ?

Déjà dans les bacs. »

Parfois Paco faisait l'inventaire des groupes de rap de la ville, il regardait attentivement toutes les photos, observait les garçons : leur envie d'en découdre était perceptible. Paco souriait en refaisant les comptes, c'était bien ça : sur 87 % des photos les garçons tendaient devant eux leur majeur dressé. 87 % de grosse envie d'en découdre.

Un blédard et ses armes

Un jour, une mauvaise nouvelle tomba. Le rappeur SoWhat était semblait-il en prison. Difficile d'avoir des informations exactes, la rumeur gonflait sur le fil de discussion où imad 10 avait lancé l'info juste après l'avoir apprise à la sortie du collège. Imad espérait en savoir plus, mais les opinions divergeaient, tout le monde était à fleur de peau.

Le rapper SoWhat en prison ?

14 h 17 imad 10 > On vien de me dire que SoWhat est en prison pour tentative de meurtre !!!! :-o C cho sa oooooo. J'esper ke c fo pk'il va me manké !! les mec de la défence c fini pour vous jlai di !!!!!!

14 h 18 AraboSpiritual > Au moins il aura le temps d'écrire un album qui déchire cette foi.lol

14 h 18 kalidouh > info ou intox ?

14 h 19 kinmasta > Ouais… moi aussi j'ai entendu sa… c'est d'la flute j'en suis sur main-de j'vais aux puces j'le vois avec les autres…

14 h 23 JoJo Nigga > Au pire tu demande a sa klic… radiomaster etc.

14 h 24 HypnotiZe You > j'ai entendu ça aussi il aurai tenté de tuer a la hache (mdrrr le guerrier) un mec de nanterre mais bon ça m'étonnerait fort quand même…

14 h 24 kerry > un vrai blédard SoWhat. o bled dès kil y a embrouille c soit hache, marteau, machette, barre de fer etc… a 35 % et après c'est les armes a feu

14 h 27 eMeKa > C'est sur qu'il est en taule car au bled c bien les methode pour tuer la haches et companie et

je le vois bien faire sa, degouté je kifff bien sa musik et tout ⊗

Au fil du topic, les informations restaient contradictoires, on ne parvenait pas à démêler le vrai du faux. Tout le monde était soucieux, à part AraboSpiritual qui continuait à plaisanter. Personne ne voulait laisser SoWhat gaspiller ses forces dans une cellule de Villepinte.

14 h 29 PJ > mdr c'est excellent qu'il squatte toujours aux puces

14 h 31 Lora93 > il etait au puce today!! vlà les gens qui racontent

14 h 31 sebusiness > mitoo

14 h 32 PJ > Bon jdois passé aux puces, jverrai bien s'il y est, jvous dis plus tard

PJ partit donc aux puces.

16 h 13 antipurist > Je vous fais remarquer que PJ n'est toujours pas rentré des puces... on peut donc supposer qu'il s'est fait casser la gueule par les Radio Masters, quelle idée aussi de leur demander si c'est vrai que leur pote est en taule pour tentative de meurtre.

16 h 17 HoLo > c bien ki squatte souvent o puce, au moins on sait ou le trouver.

16 h 22 Preston > mais nan nan nan y a une manière de demander aussi, c'est sur que si il arrive en disant "c'est vrai que......" ils vont lui dire d'aller s'faire enculer... nan nan faut faire genre le mec qui kiffe tout ça tu tapes un peu l'amitié et t'obtiens c'que tu veux ;-)

Pendant que PJ était aux puces, la mauvaise nouvelle se confirma, il devint évident que SoWhat était à Villepinte.

16 h 28 Chidra > je me suis informé et il est en taule depuis 2 semaine il a planté un gars de tremblay car des gars du 92 on tapé Buzz

16 h 38 Lora93 > pourtant il etait aux puces today.

17 h 50 dekeum > mitoo ouais c'est clair, Tu la vu de dos ou face ? SoWhat est en taule, il n'est pas aux puces.
un de mes potes qui habite a Bobigny connait un pote du mec qui s'est fait planter. c'est sur qu'il m'a pas menti, SoWhat a bien planter un mec et il est bien en zonzon.

19 h 44 PJ > bon alor vs en savé plus ?

19 h 47 antiflash > ben e toi, t'étais au Puce ? Ta eu des blem ?

19 h 54 PJ > mdr J'y suis pas allé finalement g bedav avec des potes c'est tout.

19 h 57 Chidra > Oué oué c'est ske tu dit. bon ben on a la reponse SoWhat est bien en taule et Buzz a de beau bleu.

20 h 00 Lora93 > vu aux puces ce matin.

20 h 04 kalidouh > mé bon reste a savoir si c'est pas du mitho

À nous la super énergie

Tout le monde se tourmentait sur le forum, c'était normal. Nous supportons mal qu'on nous enlève nos kids ; nous les voulons au complet, auprès de nous, pas question d'en perdre en route. Quel peuple peut se permettre de laisser ses petits moisir en zonzon ? Surtout les kids super-énergiques, les kids musiciens dont on kiffe bien la musique et tout, ceux qui ont une grosse envie d'en découdre.

Déjà quand ils sont dehors, les garçons perdent un temps faramineux. Il faudrait arrêter avec ces emplois du temps merdiques, ce temps infini qu'ils mettent pour gagner de pauvres billets de 500 euros en retapant des voitures avec des pièces qu'ils sont obligés de voler à droite à gauche. Les kids ont une existence trop compliquée. Ils prennent les voitures dans une première rue ; mais dès qu'ils ont besoin d'une durite ou n'importe quelle pièce pour réparer, ils doivent se déplacer, les voilà partis dans d'autres rues, d'autres quartiers, pour repérer des voitures identiques; les voilà à attendre la nuit pour pouvoir voler les pièces souvent dispersées sur des quantités de voitures différentes. Ils ne peuvent pas travailler sérieusement. Les voilà à la recherche d'un troisième endroit pour se poser et faire les réparations, souvent sur un bout de trottoir inconfortable. Ils perdent trop de temps encore à vendre sur eBay les caisses qu'ils ont réparées, à les brader plutôt sur eBay. Ils vendent leur travail et leur peine à un tarif ridiculement bas.

Alors que nous avons besoin d'eux, de leur énergie et de leur beauté, nous avons besoin de leurs talents de danseurs dans nos boîtes de nuit. Nous ne pouvons plus laisser les videurs les éjecter des clubs dès minuit dix; et idem avec les institutions, le constat est le même : plus possible que les videurs refoulent les kids du Sénat, du Parlement, des ministères. Il faut arrêter avec les videurs. Nous attendons depuis trop longtemps nos kids dans l'hémicycle, ça commence à devenir urgent, il y a des débats entamés, des orientations à donner. Nous avons besoin au plus vite de leur sens aigu de la justice, de leur désir inébranlable d'égalité. Et pendant ce temps, que fabriquent-ils? Ils remontent des avenues en lorgnant les enjoliveurs.

D'où cette anxiété dans le topic, car nous n'avons pas le loisir de museler nos protest songers, nous ne pouvons pas nous permettre de les réduire au silence dans les cellules de Villepinte. Surtout pas en période préélectorale.

Rêve 2 – Le regard clair des filles de Sciences médico-sociales

Un jour, Léon Tolstoï, trente-trois ans, part visiter les pays européens, curieux d'inventions étrangères dont il pourrait ensuite s'inspirer pour la Russie. Au fil du voyage, il évalue et compare les méthodes européennes en matière d'agriculture, de bâtiment, d'apprentissages scolaires. Tous les sujets l'intéressent, il pénètre dans des écoles. De passage à Weimar, Tolstoï se rend à l'école primaire et demande l'autorisation d'assister à la matinée de classe : il souhaite observer la leçon de lecture du petit Allemand. Plus tard, il s'entraîna sur les enfants du voisinage chez lui à Iasnaïa Poliana, expérimenta ses idées auprès des enfants de serfs vivant sur son domaine et finit par mettre au point une méthode de lecture pour les enfants russes. Mais ce jour-là, dans la classe de Weimar, midi sonne et Tolstoï crée la surprise : il passe dans les rangs comme s'il était lui-même le maître et ramasse les cahiers des enfants allemands qu'il emportera pour les étudier à tête reposée chez lui, en Russie. Quittant l'école les cahiers dans un sac, il tend aux enseignants une carte sur laquelle est écrit : Comte Léon Tolstoï. Mais ce nom ne leur disait rien, Tolstoï était encore un parfait inconnu de trente-trois ans.

Une nuit, Tolstoï apparut en rêve à un professeur de lycée technique nommé Philippe qui dormait au second degré. Philippe passait une de ces nuits où l'on résout un problème en dormant, on fait des rêves remplis de célébrités qui viennent à votre chevet vous donner des conseils. C'était le début de sa carrière d'enseignant, il était avide de méthodes et conseils. Tolstoï, se gardant d'être dogmatique, lui indiqua simplement le point central, le regard des adolescents : « Vos élèves, Philippe, ne devront jamais avoir ce regard gêné et soumis qu'ont les gens lorsqu'ils écoutent une histoire drôle convaincus d'avance qu'ils n'en comprendront pas la fin. » Tolstoï avait autrefois perdu du temps avec sa méthode d'apprentissage de la lecture, à cause de la timidité absolue des serfs à son égard. Il venait d'élaborer cette méthode et désirait en tester l'efficacité sur les enfants paysans du voisinage. Il se rendait dans les isbas, mais dès que les serfs entendaient Tolstoï arriver, ils dissimulaient leurs enfants sous des oreillers, les passaient par la fenêtre de la maison pour qu'ils se sauvent vers le bois. Quand Tolstoï frappait à la porte, les enfants avaient disparu, personne ne savait où ils étaient ; les serfs entrebâillaient la porte de leur maison et Tolstoï devait affronter leur regard gêné. Tout ce flottement et ce temps perdu provenaient d'un malentendu : les paysans s'étaient imaginé que ce projet d'instruire leurs enfants dissimulait une ruse pour éviter de les payer. « Ainsi, conclut Tolstoï dans le rêve de Philippe, ne laissez jamais ce regard soumis advenir sur le visage de vos élèves », puis il s'effaça. Et Philippe continua de dormir en se demandant comment y parvenir.

Philippe consacrera les années suivantes à élaborer des exercices pour que ses élèves, des séries Sciences médico-sociales, se sentent à l'aise au lycée et adressent à l'équipe enseignante un bon regard franc. Bilan : un mélange insolite chez ces jeunes filles de clair regard enthousiaste et du résidu de leur réticence initiale vis-à-vis du lycée.

« Certes, expliquait Philippe lorsque de jeunes collègues stagiaires assistaient à ses cours, certes, ces filles magnifiques sont sujettes à une profonde fatigue, presque aucune d'elles n'est du matin ; aussitôt arrivées, elles se rendent à l'infirmerie ; elles se couchent très tard pour des raisons qui nous échappent ; c'est sûr, disait Philippe, elles attendent les stages en entreprise avec impatience, comme une libération du joug de l'école. Néanmoins, vous serez surpris par leur regard loyal : quand elles entrent dans la classe, on les sent à l'aise. » C'était troublant, en effet : les trente-neuf filles entraient, trente-neuf beaux regards loyaux, et les filles s'installaient, paisibles, avec leurs longues jambes en fin de croissance, leurs soixante-dix-huit bottes fines à talons, leurs hauts noirs moulants, leurs cheveux tirés ou flottants, leurs jupes en comparaison desquelles les jupes normales du personnel administratif ressemblaient aux grands sacs de jute dans lesquels la Poste met le courrier. Et pas l'ombre d'un sourire gêné, pas l'ombre d'un de ces regards par en dessous qui sont le lot des carrières éducatives.

Étagères & sauvagerie

« Certes, disait Philippe, lorsqu'on les interroge sur leurs goûts culturels, 95 % d'entre elles désignent *Desperate Housewives* comme leur série télé préférée, mais sans qu'on puisse comprendre si c'est pour le côté confitures et femmes au foyer ou pour le côté désespoir. »

De manière équivalente, on s'est parfois étonné que Tolstoï ait eu tendance à promouvoir comme idéal de vie une existence campagnarde où les tâches domestiques sont le centre d'intérêt principal, une vie déprimante de desperate housewife, où tester une nouvelle recette de confitures de framboises est le summum de l'excitation. Des critiques littéraires furent dépités que le bonheur du mariage se retrouve incarné, à la fin de *Guerre et Paix*, par une Natacha négligée, ménagère féconde et élargie s'inquiétant constamment de l'état des couches de ses bébés. De plus, cette passion de Tolstoï pour l'organisation ménagère était aux antipodes de ce qu'avait été l'homme quelques années auparavant, lui qui pouvait passer une semaine à festoyer sauvagement, et qui, lorsqu'il séjournait chez Tourgueniev à Saint-Pétersbourg, ne rentrait qu'au petit matin, les yeux rougis et les vêtements froissés après avoir nocé toute la nuit. On voyait mal le rapport entre ces nuits frénétiques et la conservation des confitures. Là pourtant, le mécanisme est simple : on saisit sa sauvagerie, on la presse, on la réduit, on lui donne une forme domestique. Et plus vous possédez de sauvagerie, plus vous pressez, plus votre étagère à confitures sera remplie.

Rêve centrifuge

Un autre jour, parmi les plantes d'un restaurant pakistanais, la team municipale occupait trois petites tables contiguës et poursuivait sa conversation préélectorale. Victor Hirsch, le second cadre culturel, avait la parole, tandis qu'à une table voisine déjeunaient justement Sabrina, une élève de Sciences médico-sociales, et James, le chirurgien-dentiste chez qui elle était en stage. Victor Hirsch était féru de psychanalyse ; enfant, il avait fait du kart dans un couloir bordé de piles de papiers qui étaient en fait les notes prises par sa tante lors du séminaire de Jung à Zurich en 1938, où en compagnie d'un public choisi, Jung analysait les rêves de Jérôme Cardan, le génie de la Renaissance, inventeur du cardan. « Rêvez, rêvez, rêvez, disait Victor Hirsch. Vous ne voyez plus comment vous en sortir ? Vous vous sentez acculé ? Rêvez. Vous exécutez chaque jour au travail des tâches que vous désapprouvez et jugez répréhensibles ? Rêvez. Vous n'accordez de permis de construire que dans les lotissements pour des maisons sans idées qui seront notre habitat horrible et délabré de demain, tout en étant

contraint de refuser les projets inventifs ? Rêvez. Vous êtes
une population qui mange des OGM alors qu'elle est contre ?
Rêvez très fort. Vous vouliez être assistance sociale, mais au
final vous surveillez les draps des gens, leurs portefeuilles
et leur manière de s'aimer ? Vous vouliez être gardien de la
paix, mais vous voilà posté en bas des escaliers de la gare,
à trier les visages par couleurs pour procéder aux contrôles
d'identité dans un pur style apartheid ? Vous vouliez créer
des meubles, et vous débitez des planches d'aggloméré
toxique ? Alors, rêvez plus fort, encore plus fort, faîtes
un rêve dense et bouleversant qui transforme le réel,
disait Victor Hirsch. Les élections législatives approchent ?
Rêvez, car il y a là des inversions de flux, des passages
détournés ou invisibles.» Puis, tandis qu'ils attendaient
que les patrons arméniens servent les poulets Chargha,
Victor Hirsch se mit à décrypter pour ses amis la scène
se déroulant entre Sabrina, la jeune élève de terminale, et
le chirurgien-dentiste, son directeur de stage.

«Initialement, tout est freudien, disait Victor Hirsch à voix
basse, on voit surtout une grande tendresse freudienne
se développer entre les deux protagonistes, la tendresse
freudienne ordinaire ; toujours extraordinaire pour ceux
qui sont en train de la vivre, néanmoins ordinaire. Regardez
leurs jambes : l'homme porte des chaussures pointues et
Sabrina des escarpins plus pointus encore, les jambes
se touchent et s'emmêlent, les pieds de Sabrina ne sont
plus dans ses escarpins. Jusque-là, histoire classique :

la drague freudienne au bureau, jeune fille et homme mûr, configuration archiconnue. – À ceci près, chuchota Adrien, le conservateur de la médiathèque, que la fille est vraiment très jeune. – Absolument, dit Victor Hirsch, la fréquence de ces flirts a augmenté ces dernières années avec la généralisation des stages en entreprise. Tendance lourde à l'Éducation nationale que ces stages en milieu professionnel de plus en plus précoces. Les parents feraient bien de mettre le holà, de tels stages ont carrément lieu dès le collège.»

«C'est la suite qui va devenir intéressante, poursuivit Victor Hirsch, la suite dépasse Freud et sera jungienne. Vous remarquerez que la conversation se met à tourner en rond, ils se répètent. Sabrina et James, à force de paroles échangées, ont fini par aboutir mutuellement à leur complexe, un nœud profond de leur personnalité, chacun est au centre de son complexe intime.» Effectivement, Sabrina parlait de manière répétitive de ses parents dans la région de Montpellier. James, quant à lui, répétait : «Sabrina Sabrina Sabrina.» «Conversation circulaire, commenta Victor Hirsch, ils ne trouvent plus d'issue, ils n'en cherchent pas. Jung, dit-il, décrivit à Zurich en 1938 ce mouvement centripète des conversations. Vous en avez sûrement déjà fait l'expérience : vous devisez avec un ami, vous échangez agréablement, mais à un moment vous effleurez sans le vouloir son complexe, et voilà que votre ami se met à ressasser, il tourne en rond, prisonnier d'un

91

nœud douloureux, le voilà lancé à toute allure dans ses idées stupides ; je me permets de les qualifier de stupides, Jung lui-même les nomme ainsi. Vous n'en pouvez plus, vous avez envie de planter là votre ami et de partir en courant. Vous tentez de le faire sortir de son cercle : impossible. À chaque instant l'envahit à nouveau sa petite cousine qui, sous sa responsabilité, perdit le contrôle de son vélo et tomba dans un ravin sur une route de montagne ; ou bien il pense aux matins où on le frappait avec une ceinture ; ou à un meuble qui était son seul héritage et qu'il a brisé ; ou au jour où sa mère accoucha sous X. On est terrifié, on a posé le doigt sur un pylône, non pardon sur un cyclone. »

Et que faire lorsqu'on a enclenché le cataclysme ? Que conseillait C. G. Jung ? La réponse est éclatante et tient en un mot : « Rêver ! » disait Jung à son public de Zurich. Rêver fera tourner les choses dans le sens contraire ; la spirale repartira dans le bon sens ; rêver réorientera Sabrina vers des combinaisons inventives. Rêver est la réponse centrifuge.

Rêve 3 – Une Zurichoise et son rêve de dentiste

Dans les années 30, une Zurichoise s'aperçut avec consternation d'un phénomène touchant ses propres rêves : ses rêves reproduisaient la réalité, elle avait des rêves banals. Par exemple, elle faisait une promenade au château avec une amie ; en rêve la nuit suivante, elle était avec cette amie et parcourait le même itinéraire en regardant ses mêmes chaussures. Une autre fois, elle acheta du tissu et changea ses rideaux ; puis elle se coucha et rêva qu'elle changeait ses rideaux, tout était semblable ; elle achetait le même tissu en rêve qu'en réalité, elle avait les mêmes goûts, cette propension à partir acheter du vert et à revenir à la maison avec du gris ; en plus le prix était aussi élevé en rêve qu'en réalité, le rêve ne lui faisait même pas de ristourne. La Zurichoise repassa l'intégralité de son rêve, fit l'inventaire des éléments de décor, poignées de portes, vêtements de la vendeuse, etc. tentant de dénicher des petits détails qui auraient pu être différents, mais rien. Le rêve était une copie conforme. Ce n'est pas ce qu'on dit du rêve d'habitude. Les rêves sont censés être bizarres, effrayants, enchanteurs. Elle se sentait honteuse et aurait aimé partager son expérience.

Une nuit, alors que dans la journée elle était passée chez son dentiste, elle rêva qu'elle passait chez son dentiste. Elle prit alors rendez-vous au cabinet de consultation de C. G. Jung, se disant que Jung devait être le premier averti de ce symptôme pénible à la longue. Peut-être Jung n'avait-il pas encore eu connaissance de cas semblables et serait-il intéressé d'apprendre qu'on peut faire des rêves aussi plats. La Zurichoise se réjouissait dans son malheur d'apporter sa petite pierre à l'édifice de la psychanalyse.

Elle raconta le rêve du dentiste à C. G. Jung : « Je me suis rendue chez le dentiste, puis j'ai rêvé exactement ce même rendez-vous chez le même dentiste.» Effectivement, Jung fut très intéressé par cette histoire de dentiste, il posa quelques questions à sa patiente pour lui faire préciser le récit. À la fin de la séance, suite aux demandes d'éclaircissements émises par Jung et aux réponses fournies diligemment par la Zurichoise, ils furent l'un et l'autre obligés d'admettre : 1 – que le dentiste du rêve était en chemise de nuit, 2 – que, dans le rêve, la plaque chromée indiquant le nom du dentiste à côté de la porte n'était pas la plaque habituelle du dentiste. Il s'agissait de la plaque chromée de Jung lui-même.

COLLECTION DE BAISERS (4)

Quand vous vous lancez dans une collection de baisers, vous devez vous souvenir de toujours mettre le baiser d'*Ordet* de Dreyer à part. Le baiser d'*Ordet* ne peut tout simplement pas rester avec les autres baisers, il est trop brut. Par exemple il ne nous apprend rien, alors que les autres baisers nous ont tous appris quelque chose, en général à embrasser. C'est en outre le plus beau baiser de l'histoire du cinéma, tout le monde le dit, autre bonne raison pour lui fournir une place de choix. Si vous souhaitez projeter votre baiser d'*Ordet* de Dreyer à un public, pensez à plusieurs choses :

1 – Il faut projeter le film en entier. Ok, je sais que le baiser est à la fin, mais pas question de vous contenter de montrer les dernières minutes. Pour comprendre le baiser, on doit avoir vu

l'intégralité. Si le baiser qu'Inger donne à son mari à la fin du film est si spécial, c'est parce qu'elle semble vouloir manger la pommette de son mari autant qu'elle l'embrasse, et qu'en plus Inger qui était morte vient à l'instant de ressusciter. Impossible donc de penser visionner ce baiser sans être passé par toutes les étapes, l'accouchement d'Inger enceinte depuis le début du film, le bébé découpé en morceaux par le docteur incapable de l'extraire, et la mort d'Inger suite à l'accouchement.

2 – Juste avant le baiser, Inger est dans son cercueil, reposant sur son oreiller blanc bordé d'une lisière de dentelle; son mari est en larmes, ses deux petites filles un peu secouées, même si elles se doutent bien que la résurrection va avoir lieu. Puis, Inger ressuscite, décroise les mains, ouvre les yeux, son mari se penche vers elle, la soulève légèrement, et elle lui donne son fameux baiser sur la pommette, baiser vorace de retour à la vie.

Quand on présente ce baiser à un public, on doit toujours le montrer plusieurs fois, environ quinze à vingt fois; c'est-à-dire que vous projetez le film normalement, et qu'arrivé au moment du baiser, vous remettez en boucle ce baiser. On reprendra par exemple une quinzaine de fois au moment où Inger ouvre les yeux. Pour plus de facilité de projection, vous graverez par avance un dvd comprenant la modification.

3 – Préparer une fiche à lire avant la projection, quelques mots de l'histoire personnelle du réalisateur. Peu de vos copines auront lu la biographie de Carl Dreyer, qui était d'ailleurs discret sur ses origines. Une fiche pourra donner des pistes. Carl Dreyer avait été adopté par la famille Dreyer,

une famille correcte sans plus. Sa mère l'avait abandonné quand il était en bas âge. C'est seulement à l'âge adulte qu'il retrouva sa trace et apprit qu'elle était déjà morte; plus tard, il comprit qu'elle était morte alors qu'il n'avait que deux ans; elle était morte enceinte, d'un effroyable avortement, en s'administrant un remède qui lui détruisit le foie.

4 – Alors pourquoi passer plusieurs fois le baiser de Dreyer?

Parce que, même les meilleurs peuvent se tromper, Dreyer a fait une erreur de timing dans le montage de son film: la longueur du baiser n'est pas bonne, c'est triste, mais le plus beau baiser de l'histoire du cinéma est beaucoup beaucoup beaucoup trop court. Pas dramatique en même temps, on se préparera une version bis où on copie en boucle le baiser autant de fois que nécessaire, on regrave un dvd et basta. Le baiser a une grosse tâche à abattre chez vos spectateurs, vos amis, pas question de les laisser tomber. Vos spectateurs ont été malmenés par le film; le baiser doit les réconforter alors qu'ils ont encaissé de nombreux chocs aux côtés de Carl Dreyer. C'est parfait, un baiser-morsure sera de force à remettre tout le monde sur pied; on a juste besoin de beaucoup plus de temps de baiser-morsure. Peut-être ce timing était-il adapté pour Dreyer qui avait une grosse capacité à se remettre sur pied, mais pour des spectateurs ordinaires, il faut compter avec des facultés moyennes à se remettre sur pieds. C'est pourquoi quinze ou vingt répétitions semblent la bonne dose avant que les cœurs meurtris de vos copines puissent s'apaiser. Une fois le baiser va vous chercher sur la lande, égarés dans le vent, une deuxième fois le baiser vous relève du petit berceau vide, une troisième fois vous étendez le linge dans le vent, et le baiser vous ramène à la maison à moitié inconscients. Finalement de baiser en baiser, le baiser vous relève de la mort. Et c'est bon, vous pouvez éteindre le projecteur, et enchaîner en présentant d'autres pièces de votre collection, *Baiser en montagne, French kiss, Baiser à l'ère des cyber-rencontres*, ou autre.

Comment la team municipale fut sauvée par les Chinois

Et puis il y avait les déjeuners avec le troisième cadre culturel, déjeuners pour le coup décourageants, d'où toute la team prenait le risque de sortir mal en point. Chacun espérait s'y soustraire. D'un autre côté, ils essayaient de se dire que l'épreuve était un entraînement, un test de résistance. Répondant à ses attaques, la team de banlieue parisienne s'exerçait, il est vrai, à réfuter les opinions déconcertantes du sens commun, le pragmatisme des autres pays, le prosaïsme des institutions internationales. Après plusieurs rendez-vous annulés, le troisième cadre finit par organiser un déjeuner dans un restaurant chinois tenu par des Chinois dans la zone d'activité en bordure de ville. Tous les membres de la team se préparaient à ses assauts, se raidissaient par avance pour éviter d'être pris dans son flot de soi-disant évidences réalistes. Le troisième cadre culturel avait développé ses positions politiques dans la solitude de la course à pied : marathonien, il avait eu du temps pour laisser macérer en lui la chose publique, et de course en course son esprit suroxygéné s'était orienté vers un discours utilitariste sans pensée, un utilitarisme par défaut. On aurait dit que la destruction de l'intelligence l'excitait, que selon lui la destruction de l'intelligence allait mettre un terme aux dysfonctionnements, que c'était l'unique voie raisonnable. Le restaurant chinois pour lequel il avait opté était à son image : prix unique et menu à volonté dans un hangar de la ZAC. Vous y allez en voiture, vous vous garez devant le hangar dans un nuage de poussière sur le parking non goudronné.

Cette fois-ci ses coups ne portèrent pas, ce fut pour tous un soulagement. Dans ce genre de restaurant, on ne reste jamais assez longtemps à table pour un échange suivi. Puisque tous les plats, de l'entrée au dessert, sont en libre-service, on prend son assiette dès qu'on a terminé quelque chose, on se lève, on se dirige vers les tables de service où sont disposées les préparations cuisinées. On peut tout goûter et tout mélanger, entrées, viandes en sauce, desserts. Ça ressemblait à une tentative d'utopie, une nouvelle organisation sociale testée ici à échelle réduite par ces Chinois : chacun puise selon son appétit pour un prix universel, tout le monde mange à sa faim et selon son goût. Ce faisant, c'était le petit défaut ou la grosse qualité de leur invention, aucune conversation ne pouvait se développer : dans de tels restaurants vous n'avez pas une minute pour argumenter sur les désaccords, vous échangez seulement quelques mots en marchant lorsque vous croisez un visage connu. Toute la team se déployait à chaque instant comme un vol d'oiseaux à travers le hangar ; directrices de centres d'art, scientifiques du CNRS, élus, bibliothécaires, artistes en résidence, parfaits inconnus s'étant joints à eux, tous partaient, leur assiette à la main, vers l'extrémité opposée du bâtiment ; tous laissaient leur manteau sur leur chaise mais emportaient à chaque voyage, en plus des assiettes, les sacs à main et les ordinateurs portables. La conversation stagnait, toute la team municipale était en route vers les brochettes, les herbes inconnues, les montagnes de beignets de poissons, les sorbets aux goûts et couleurs complètement mélangés. Car il faut dire qu'il y avait un second petit défaut dans cette organisation utopique mise en place par les restaurateurs chinois : une unique grande cuillère avait été prévue pour servir la totalité des parfums de glaces.

LE TOURISME REPRÉSENTE-T-IL UN DANGER POUR NOS FILLES FACILES?

En Amérique, il y avait un garçon qui était hacker. Pour lui c'était la gloire, il couchait avec des filles superbes, il cassait des ordinateurs en les projetant sur le sol, il montrait qui est vraiment le maître. En Suède, il y avait un garçon qui était universitaire et s'appelait Sven Tikkanen. Un jour, il vint faire du tourisme en France où il espérait trouver des filles faciles.

Avec:

Sven Tikkanen

Étudiants bordelais

Nathalie

Veronica

Squatters suisses

SunDog

Linus Torvalds et le grand Pingouin

Azurill et Chapignon

Groupes de touristes et populations d'autochtones

Machine à café

À Stockholm, il y avait un universitaire terriblement en retard pour sa soutenance de doctorat. Le jour de son recrutement, la question avait été abordée comme une simple formalité. Le directeur de département avait rappelé que pour valider l'embauche, la thèse devait être soutenue avant la fin de l'année. Trois ans plus tard, toujours rien, pas de thèse sur l'héroïsme. Tout le département se demandait pourquoi Sven Tikkanen ne rendait pas son mémoire. « L'héroïsme est un sujet classique en philosophie, se disaient ses collègues, on a vite fait de rédiger trois cents pages. » Ses collègues masculins, qui avaient du mal à le supporter, maintenaient la pression, émettaient l'idée de possibles sanctions contre cette nouvelle recrue débarquant qui plus est du fin fond de la Finlande. Sven Tikkanen luttait grâce à sa séduction propre, grâce à son look bizarre, sa coiffure mi-longue hirsute, ses pulls étroits et ses costumes étriqués de couleurs vives ou à gros carreaux qu'il rapportait régulièrement de Londres. Les trois femmes du département Philosophie, elles, l'aimaient. Dans un renfoncement du couloir, elles s'interrogeaient sur le mystère Sven Tikkanen. Son temps de présence à l'université était minimal, il passait en coup de vent : brève apparition pour ses cours, un ou deux problèmes de secrétariat ou de vidéoprojecteur, et il quittait l'université aussitôt après ses heures ; des cours irréguliers mais excellents d'après les étudiants. Les collègues devaient reconnaître aussi qu'il faisait des interventions honnêtes dans les colloques. Les trois enseignantes-chercheuses bavardaient le matin dans le recoin sombre du département Philosophie, recoin sans fenêtre mais occupé par une machine à café et deux banquettes en bois. Elles adoraient s'intéresser à ce jeune homme fuyant, peu sympathique bien qu'attirant, qui n'avait pas précisément l'esprit de corps et ressemblait plus à un serveur de bar branché qu'à un collègue de philosophie. « Pourquoi n'a-t-il pas rendu sa thèse ? Qu'est-ce qu'il fabrique ? » se demandaient-elles. Les chercheuses reprenaient un cappuccino à la machine et se plaisaient à imaginer Sven Tikkanen dans divers décors portant les vêtements appropriés : Sven Tikkanen en manteau cintré à l'aéroport d'Heathrow ; Sven Tikkanen fasciné par l'écran dans un ciné-club d'Helsinki ; à la piscine olympique en caleçon de bain ; fouillant un trousseau de clés devant sa porte de cave. Son air sophistiqué, ses attitudes fantasques, leur manquaient. Elles auraient aimé qu'il passe plus de temps à l'université. Un jour, il avait prêté à la secrétaire le dvd de *Crash* de Cronenberg, une autre fois offert à l'une d'elles une BD de Lewis Trondheim rapportée de France, où toutes les histoires commencent par l'envie de manger un gâteau qui cuit au four ou des fruits sur un arbre, et s'achèvent par la mort du personnage, écrabouillé, noyé, gisant dans une flaque de sang. « Trente itinéraires du désir vers la catastrophe », avait-il commenté. Il y avait dans leurs conversations quelque chose de l'inquiétude propre au coup de foudre, un coup de foudre à trois pour un homme qui n'était jamais là.

Les réunions du matin autour de la machine à café comblaient ce vide en partie.

Certaines théories de management voudraient qu'on aille plus loin. Il paraît que la machine à café devient un élément stratégique pour le management, fait partie de la culture d'entreprise et doit être mieux étudiée d'un point de vue socio-anthropologique. On a découvert qu'à l'instar des réseaux sociaux, les machines à café sont des lieux cruciaux de convivialité : la machine à café humanise les choses et sert de soupape. Mieux que dans les réunions formelles, les langues se délient devant la machine à café, les amitiés se nouent, les positions stratégiques s'élaborent, les vraies décisions se prennent. Il n'y a plus à culpabiliser de boire des tas de cafés, c'est une activité centrale de la vie des organisations, pourvu qu'on prenne quelques précautions, comme ne pas tutoyer cette jolie blonde qu'on suppose standardiste mais qui s'avère être votre nouvelle responsable marketing. Un jour, Jean-Yves, un chef d'entreprise, voulut faire retirer le distributeur de boissons qui ralentissait selon lui le travail de ses employés. « Surtout pas ! lui dit Éric, fondateur d'un cabinet de consultants spécialisé en knowledge management, ce serait le meilleur moyen pour créer des frustrations et vous priver d'une source majeure

de renseignements. » Les machines à café sont les pythies
de notre sociologie des organisations, comme l'enseignent
les professeurs de management à des étudiants qui paient
pour cet enseignement.

Silence de Sven Tikkanen

Sven était obligé de garder le silence ; concernant la rédaction
de sa thèse, il rencontrait des problèmes techniques. Et
primo, son sujet n'était pas *Héroïsme* en général, mais
Héroïsme contemporain, grosse différence. À part pour une
poignée d'ouvrages, inutile de s'attarder à la bibliothèque
universitaire, il n'y avait pas d'archives, il fallait inventer.
95 % des écrits sur l'héroïsme s'arrêtent à la Seconde Guerre
mondiale. Les gens ont eu tellement de grain à moudre avec
le nazisme, le fascisme, le franquisme, qu'on a encore du
mal à regarder plus loin. Toutes les familles européennes
eurent, en ce milieu de 20ᵉ siècle, l'occasion de tester en live
la qualité de leur héroïsme ; elles ressortirent traumatisées
de la mêlée, ayant fait la preuve au grand jour, devant tous
les voisins, soit que leur héroïsme était correct ou même
hors norme, soit qu'il était calamiteux. Les gens ne sont pas
encore remis de l'expérience, on patauge pour enchaîner.
On peine à intégrer les données récentes du contexte où
le héros contemporain est censé fleurir : développement
des armes chimiques, molécules susceptibles de déprimer
une population, cybersurveillance. Tout doit être réévalué.

Sven Tikkanen avait un début d'hypothèse, mais pour des raisons personnelles, il était contraint de ne rien révéler.

Poursuivi par la suspicion de ses collègues qui deviennent insistants et désagréables, Sven Tikkanen, pressurisé, proche du breakdown, optera pour une courte échappée. Il décide de s'envoler pour la France qu'il connaît un peu. Dans l'avion pour Paris, Sven se détend, devient volubile, boit deux mignonnettes de bourgogne animant délicieusement ses papilles. « Comme quoi, dit Sven Tikkanen à sa voisine, une vieille dame norvégienne, il est faux que nous trouvions la nourriture fade dans les avions parce qu'à 8 000 mètres du sol nos papilles gustatives ne fonctionneraient plus aussi bien. – Correct, dit la dame, nous la trouvons fade parce qu'elle est fade. » Sven Tikkanen lui explique qu'il ouvre une parenthèse française et que cette parenthèse, il l'intitule : *Baignade, centres historiques & filles faciles*. La Norvégienne le comprend. Elle-même grand-mère de trois garçons sait à quel point ils ont besoin de bouger, de se défouler. L'égoïste vieille dame n'a pas une seule pensée pour nos filles faciles françaises.

Baignade, centres historiques & filles faciles

Un programme de vacances basé sur ce lyrisme criard, sur cette poésie d'agence de voyages, était plutôt inquiétant. Certes, nos lieux de baignades français et nos centres-villes historiques sont dédiés au touriste étranger. Certes, nous faisons tout ce qui est en notre pouvoir, nous les Français, pour rester première destination touristique au monde. C'est tout naturel, l'attrait touristique de la France est une évidence : nombre et variété des points d'intérêt, châteaux, diversité des paysages, qualités remarquables de chacun de nos départements. Nous-mêmes nous laissons surprendre et sommes à chaque fois conquis par la beauté de nos terroirs ! Nous sommes très clairs avec nous-mêmes là-dessus, il n'y a pas de problème, nous sommes prêts à offrir énormément à nos visiteurs étrangers, prêts à offrir la richesse de notre patrimoine historique et préhistorique, culturel et artistique, notre climat tempéré, nos facilités d'accès, nos infrastructures de transport et l'équipement de notre pays en structures d'accueil (hôtels, auberges, chambres d'hôtes, parcs d'attractions...). En revanche, nous devons l'avouer, cela achoppe au niveau de nos filles faciles. Au niveau de nos filles nous ne sommes pas prêts, nous ne sommes tout simplement pas d'accord. Nous souhaitons les protéger et ne voulons pas qu'elles se retrouvent à faire n'importe quoi avec n'importe qui. Les Français ne sont pas mûrs pour le tourisme sexuel. Ok pour les parcs, les musées, les vestiges, mais nous voulons garder les filles pour nous. On doit toujours rester vigilant avec le tourisme, les pays prennent un risque à rester ambigus. Il y a un moment où on ne contrôle plus rien.

Il faut savoir que, par-dessus le marché, nos filles faciles sont justement sensibles au lyrisme, elles adorent le lyrisme, même si elles chantent d'une voix éraillée de CocoRosie, surtout si elles chantent d'une voix éraillée. Le lyrisme est inscrit dans leur tête. Nos filles faciles sont adorables, elles sont romantiques et portent des blousons blancs avec une capuche en fourrure, elles ont des bottes blanches brillantes. Certes, ces jeunes femmes sont débrouillardes, elles courent vite avec leurs super-grandes jambes, elles sont vaillantes, mais elles ne sont pas invulnérables, loin de là.

Le monde est sous cloche dans le musée de l'Homme

Lors de son premier séjour en France, Sven Tikkanen était chargé à l'université de Bordeaux d'un cours sur le philosophe italien Giorgio Agamben. À cette époque, jeune professeur radical, il refusait de commenter les textes et en donnait une simple lecture à voix haute devant les étudiants, partant du principe que les philosophes écrivent ce qu'ils souhaitent à la virgule près, qu'il n'y a rien à ajouter. Sven Tikkanen transmettait donc cette parole brute sans commentaire ; et traumatisera durant un semestre une promotion d'étudiants par cette lecture de dizaines de pages d'Agamben sur le capitalisme, glaçant le sang d'un auditoire au bord des larmes.

Les étudiants supportaient mal cette description philoso-
phique d'un monde qui vire au cauchemar, monde qu'en
ressortant de la salle de cours, ils découvraient effectivement
comme une montagne de produits affreux, bon marché
et usagés avant même d'avoir servi, monde habité de
main-d'œuvre sous-payée et de populations enfermées dans
des camps. Et une fois que votre monde ressemble à cela,
vous le voyez devenir de plus en plus lointain, cassant et
inhospitalier, il est plongé dans un cauchemar brumeux,
vous n'y avez plus accès.

Justement Noël approchait. Les boutiques se remplissaient de pulls presque déjà feutrés, d'appareils photo qui
marcheront deux semaines, de milliers d'ours en peluche
semblables appelant des milliers de câlins similaires. Les
étudiants, après la journée de cours, se dirigeaient vers
les boutiques du centre-ville pour y trouver des cadeaux
de Noël. Mais les objets les dégoûtaient ; au lieu de
voir en eux comme les autres années des présents qui
combleraient de joie leurs parents, ils ne voyaient plus
que des marchandises séparées d'avec elles-mêmes, exhibées
comme fétiches par l'affreux spectacle des vitrines.

«Tout se passe, se disaient-ils à chacune de leurs virées
cadeaux, errant parmi les magnifiques façades 18ᵉ et les
boutiques cossues où ils n'achetaient rien, tout se passe
comme si, au lieu de vivre dans le monde réel, nous vivions
dans le musée de l'Homme. Tout est là devant nous,
mobilier, vêtements, fourchettes, outils, pièces de monnaie,

mais ces objets demeurent lointains et inaccessibles derrière leur vitre, nous ne pouvons pas en faire usage, et si nous le faisions ils tomberaient en miettes. L'heure est venue de la frustration. Le réel muséifié n'est plus disponible, le réel est un pauvre fromage sous cloche. Et si le monde est le musée de l'Homme, se disaient-ils, quel rôle avons-nous dans ce musée ? Eh bien le pire, c'est que, dans ce musée, nous sommes relégués au plus bas niveau de l'échelon, à la fonction de *visiteur*. Si encore nous étions directeur du musée de l'Homme, ou responsable des relations publiques, ou même guides conférenciers, passe encore, ça pourrait être drôle. Mais visiteur, quand même, c'est rude, visiteur est le rôle le moins gratifiant de l'organisation muséale. Le visiteur est censé s'intéresser à des trucs sans les toucher, il se penche gentiment pour lire les cartels, reste toujours bien poli, alors qu'il a constamment un gardien sur le dos vérifiant qu'il ne touche à rien. »

Le philosophe ne dit rien stricto sensu sur le snowboard

En cette fin de premier semestre, les étudiants voyaient tout en noir. Ils avaient hâte de passer à des philosophes comme Heidegger n'ayant pas de résonance aussi directe. Heureusement les vacances étaient proches et, à leur connaissance, Giorgio Agamben ne s'était pas encore prononcé sur les vacances de Noël ; il ne disait rien sur le snowboard, rien sur la tendresse filiale et parentale lorsqu'on rentre à la maison et qu'on aperçoit ses parents sur le quai de la petite gare, et rien stricto sensu sur les guirlandes clignotantes qui servent à décorer les sapins.

Agamben, s'il n'avait pas abordé les décos de Noël, s'était en revanche prononcé sur la question du tourisme. Admettons que le capitalisme soit une religion, disait en gros le penseur, une religion du désespoir ; dans cette religion, comme dans toute religion, il y aura des pèlerins, des gens qui se déplacent de pays en pays pour visiter les lieux de culte : les touristes sont ces pèlerins. Dans les sociétés capitalistes, les touristes, emblèmes achevés de la désolation, sont les pèlerins voyageant sans paix dans un monde dénaturé en musée. Les étudiants bordelais, dont la pensée commençait à se mondialiser, s'imaginaient des millions de touristes des quatre coins du monde, des employés taïwanais, des agricultrices du Schleswig-Holstein, des musiciens toulousains, des commerçants mexicains, tous ayant un emploi décent leur permettant d'économiser une somme d'argent correcte. Un soir après le travail, tous ces gens aux quatre coins du monde se rendent dans leur agence de voyages et prennent des réservations pour des voyages organisés, ils choisissent de payer l'écotaxe. Ils font l'acquisition d'une bouteille un peu chère pour célébrer l'événement, ils ont un bon esprit, sont friands de rencontrer des peuples et une parcelle du vaste monde. Mais arrivés à destination, ils découvrent le plus effroyable musée de l'Homme qu'on puisse imaginer. Ils tendent la main vers les spécialités locales et se cognent à une espèce de vitrine transparente avant la rencontre ; ils tendent la main à un autochtone mais ne rencontrent qu'eux-mêmes. Les sentiments humains passent aussi mal que s'ils étaient emballés dans de grands plastiques. De telles remarques sur les voyages avaient accru le désarroi dans les rangs étudiants, et un long rire douloureux avait retenti dans l'amphi gris ardoise et cassis lorsque Sven Tikkanen avait conclu cette séance consacrée aux voyages par la lecture de la phrase suivante : « Il n'est rien de plus stupéfiant que de constater comment des millions d'hommes ordinaires parviennent à s'infliger l'expérience sans doute la plus désespérée qui soit donnée à chacun d'affronter. »

The best amphithéâtre in Europe

Dès lors, comment Sven Tikkanen pouvait-il à présent souhaiter faire du tourisme en France ? Qu'attendait-il de nos hôtels, de nos sites naturels ? Sven Tikkanen n'était-il pas d'accord avec le philosophe ? N'avait-il pas suivi ses propres cours ? N'avait-il pas écouté ce qu'il lisait aux étudiants ? Il est vrai qu'il concevait sa lecture de textes philosophiques comme un show, une performance artistique. Il avait tendance à Mick Jaggeriser.

En réalité, Sven Tikkanen se souvenait très bien des textes. S'il venait en France, c'était juste qu'il avait adoré la France, il avait en particulier raffolé de son séjour à Bordeaux. Il conservait un excellent souvenir de ces cours à l'université, les premiers de sa carrière : le cours se déroulait dans les conditions optimales d'un petit amphi confortable d'une cinquantaine de places qui venait d'être repeint en gris ardoise et cassis, conditions parmi les meilleures qu'il lui ait été donné de connaître en Europe. Les étudiants étaient calmes, attentifs, toujours bien disposés à l'égard d'une pensée complexe sur le thème du capitalisme et de la profanation. « Le micro était excellent dans cet amphi, se souvenait Sven Tikkanen, c'était un Shure, le même que Mick Jagger, simplement il faut veiller à bien rester à trente centimètres, la plupart des professeurs se placent trop près. Ou alors faire carrément comme Mick Jagger, le manger. »

Une visite

Un jour où j'étais occupée à préparer des documents informatiques pour une lecture de poésie qui devait avoir lieu deux jours plus tard, on sonne à ma porte. Surprise, je reconnais, devant moi sur le pallier, Sven Tikkanen que j'ai eu l'occasion de croiser une fois ou deux lors de son séjour à Bordeaux. J'invite Sven à entrer, à s'asseoir, et tandis que nous buvons un thé, il me résume la situation : thèse sur l'héroïsme en stand-by, projet de parenthèse touristique ultrarapide dans le sud de la France, une parenthèse qu'il

a intitulée *Baignade, centres historiques & filles faciles*, etc.
Je lui demande effrayée : «Agamben ne vous a-t-il pas
dégoûté du tourisme?» Sven Tikkanen ne répond pas à ma
question, il fait du tourisme, un point c'est tout, il avance
sur un vecteur parallèle. L'ensemble me met légèrement
mal à l'aise. Je me sens inquiète pour nos filles faciles du
sud de la France ; par ailleurs, le document PowerPoint
qui doit accompagner ma lecture de poésie est loin d'être
prêt ; il me reste des documents à télécharger, d'autres à
imaginer. Cependant, montrant la maison à Sven Tikkanen,
ne comprenant pas exactement ce qu'il attend de moi, je
décide de le détourner de son projet de tourisme en lui
proposant une excursion dans le sud du Massif central où
vit une de mes amies à qui j'ai depuis longtemps promis une
visite. Sven Tikkanen est ravi de ce projet de promenade
qui lui permettra de découvrir une région française. «Après
tout, me dit-il, c'est en direction du sud.»

PowerPoint

En échange, Sven Tikkanen me propose son aide pour
mon document PowerPoint. Dès que nous serons de
retour, il se chargera des opérations informatiques et
techniques. J'ai pris depuis peu une décision concernant
mes diaporamas poétiques : je désire de bons PowerPoint,
des photos choisies avec soin, des vidéos bien coupées
et projetées au bon format. Il m'est arrivé de ne pas être

suffisamment professionnelle avec mes PowerPoint et j'aimerais que cela ne se reproduise pas.

« Entièrement d'accord, m'a dit Sven, on doit toujours chercher à faire de bons PowerPoint. Les forces américaines en Afghanistan pâtissent en ce moment même de présentations PowerPoint trop lourdes, scolaires, qui plombent les gradés et neutralisent l'armée. On a cru au début que des diaporamas animeraient les réunions, mais c'est le contraire : les gens s'endorment.

– Ne parlez pas de malheur, ai-je dit à Sven Tikkanen.

– C'est la manière d'utiliser l'outil qui pose problème, m'a expliqué Sven, on déduit trop vite que tout est la faute du logiciel. "PowerPoint nous rend idiots", a par exemple déclaré le général James Mattis, chef du U.S. Joint Forces Command. En Irak et en Afghanistan, le temps consacré au logiciel PowerPoint est devenu un sujet de plaisanterie : des officiers subalternes passent leurs journées entières à préparer schémas et graphiques. Au lieu de donner des ordres clairs, les chefs se contentent d'envoyer par email des schémas PowerPoint, ils ont perdu le sens de l'action sur le terrain, ils s'engluent. Un jour, on projeta au général McChrystal un schéma exhaustif de la situation afghane où des quantités de données – population afghane, pouvoirs tribaux, narcotrafic, infrastructures américaines, priorités de la coalition internationale, etc. – étaient symbolisées par des centaines de flèches rouges, vertes et bleues allant dans tous les sens. "Quand nous aurons compris ce schéma, nous aurons gagné la guerre", commenta le général McChrystal d'un ton acide qui fit rire l'assemblée.

– Je crois que là on dépasse un peu l'enjeu de ma lecture de poésie», ai-je dit à Sven.

COLLECTION DE BAISERS (5)

Au début j'avais mis *Crash* de Cronenberg dans ma collection de baisers, mais en fait maintenant j'hésite. Dans *Crash* de Cronenberg, on aura beaucoup plus que des baisers : de vraies scènes sexuelles, qui plus est reliées à des accidents de voitures. Comme *Crash* associe la civilisation de la voiture avec un fétichisme de l'accident de la route, un érotisme des blessures de la route, on est vraiment loin de nos représentations habituelles de l'amour – et aussi de la voiture. L'amour de la vitesse et des machines est poussé jusqu'à l'extrémité de ses conséquences logiques : la voiture, avec sa vitesse inadaptée à nos corps, étant inséparable de l'accident, les personnages inventent l'érotisme des courses-poursuites, des tôles écrasées, des corps accidentés, mutilés d'horribles cicatrices. Résultat : si un soir où vous faites visiter votre collection, vous vous installez au salon avec vos copines et commencez à visionner le film, les voisins auront une fausse opinion de vous, parce qu'ils entendent uniquement la bande-son à travers le mur ; alors qu'en réalité vous êtes en train d'endurer un enchaînement abominable d'accidents de voitures.

Du coup, je dirais qu'on est loin aussi de la subtilité du simple baiser. D'où mon hésitation, je ne sais pas trop si *Crash* a vraiment sa place dans une collection de baisers. Je dirais plutôt que non.

À quoi vous vaporisez-vous ?

Depuis quelque temps déjà, Nathalie, une amie qui connaît les vallées sauvages et les sentiers invisibles de la forêt, m'avait proposé une visite des cabanes dissimulées dans la montagne. Arrivant dans le sud du Massif central en début d'après-midi, nous l'avons trouvée sur une terrasse de restaurant surplombant la rivière. Nathalie était en petite jupe bleue, ébouriffée par la vie rurale. J'avais oublié qu'elle avait d'aussi longues jambes fines de bas en haut comme les fillettes dans les mangas. Elle avait passé la matinée à cueillir de la lavande dans un champ voisin pour fabriquer des parfums à destination de l'Autriche, où les gens continuent, semble-t-il, d'aimer se vaporiser à la fleur, à l'heure où des millions de nouveaux riches des pays émergents ou des mafias de l'Est, à force de se jeter voracement sur des marques comme Dior et de les consommer en masse avec leur puissance financière, les font basculer du côté de la vulgarité.

Atmosphère fabuleuse de la montagne

Une heure plus tard, Sven et moi suivions Nathalie à travers les bois escarpés, nous montions, descendions, remontions de l'autre côté, écartant les ronces pour nous frayer un chemin à travers les fougères, orties et autres végétaux peu dociles. Un genre d'endroit qu'on jurerait à 100 % constitué de nature exubérante. Aussi nous étions frappés d'enthousiasme à chaque maisonnette découverte sous la verdure : de discrètes habitations, caravanes, cabanes en bois, ruines de maisons retapées, tout un habitat, une micropopulation disséminée et solitaire dans la montagne. L'ambiance de notre randonnée était excellente et survoltée, comme toujours quand on cabriole en montagne. Sven Tikkanen, détourné de ses absurdes projets touristiques, s'intéressait à la lavande, à l'autarcie, aux panneaux solaires. L'atmosphère allègre de la balade rappelait la chanson où en 1964 Gilbert Bécaud s'en va, on ne sait trop sur quel coup de tête, visiter Moscou et ses monuments à la gloire du communisme ; il se trouve que son guide se prénomme justement Nathalie. Cependant Gilbert Bécaud était blasé et inattentif à l'exposé de Nathalie sur les symboles du marxisme. Il lui tardait d'en finir avec le tombeau de Lénine et de s'attabler enfin au café Pouchkine, où il espérait boire un chocolat avec Nathalie. Tandis que Sven et moi étions vraiment concernés par l'exposé de Nathalie. L'époque est différente, l'époque est dangereuse, et nos songes se peuplent de gens prévoyants, de conseillers et de paranoïaques, qui nous disent en rêve de nous méfier, de prévoir des modes de vie alternatifs, de réévaluer nos chances de survie dans des contextes déments.

Après son voyage en URSS, le chanteur français qui faisait passer sa libido avant le politique reprit sa vie normale. Gilbert Bécaud rentra à Paris, passa à l'Olympia. Les sièges avaient été détruits la veille par le public de James Brown, mais le régisseur réussit à les faire changer à temps pour que les spectateurs de Gilbert Bécaud puissent à leur tour les détruire. Gilbert Bécaud leur chanta sa chanson et les gens adorèrent le prénom Nathalie, qui fut donné massivement aux petites filles françaises durant plusieurs années. Au fur et à mesure que les fillettes, invariablement belles, avec de belles jambes et un joli visage régulier, au fur et à mesure que ces fillettes grandissaient et prenaient de l'ampleur, le communisme s'effondra symétriquement dans les pensées.

Rêves 4 et 5 – Nos songes se peuplent de gens prévoyants

Dans mes rêves, c'est en général Emmanuel Bove qui s'adresse à moi et me rappelle comment s'évader d'un camp de prisonniers en Allemagne. Je lui dis : « Mais arrête, Emmanuel, s'il te plaît, arrête avec l'Allemagne. Nous avons construit l'Europe. Les camps d'aujourd'hui n'ont rien à voir. – Pas d'accord, répond-il, il y a un aspect

universel du camp.» Et il me dicte en rêve des listes de
choses auxquelles on doit veiller, me demande d'être plus
méthodique, de ne conserver qu'un seul cahier au lieu de
ces feuilles volantes.

Nous nous reposions, Nathalie, Sven et moi, sous les arbres
auprès d'une des cabanes de montagne. Sven Tikkanen nous
apprit que la célébrité qui visitait le plus souvent ses rêves
était Thomas More. Allongés dans l'herbe, nous reprenions
notre souffle. À côté se trouvait un jardin en terrasses. Les
habitants de la cabane, des Belges avec un bébé, étaient
absents ; seules étaient là les poules qui mangeaient le blé
distribué par Nathalie. Les habitants avaient installé des
tables et des chaises à différentes hauteurs sur le terrain en
bancelles : quatre ou cinq salles à manger pour les différents
moments de la journée, et plusieurs douches en plein air
alimentées par l'eau d'une source. Nous regardions le
ciel très bleu ; des chaises suspendues dans les arbres se
balançaient. «Thomas More, dit lentement Sven Tikkanen,
apparaît dans mes rêves avec son costume du 16ᵉ siècle,
il choisit un bon fauteuil, s'assoit et me parle sur un ton
familier, comme si nous nous connaissions bien.» Thomas
More disait à chacune de ses visites qu'il avait été le premier
à envisager un revenu minimum universel. «Génial, disait-
il, qu'Allemands, Suisses ou Autrichiens reprennent le
concept et le réalisent au 21ᵉ siècle ; notez quand même
et rappelez au monde, si vous le voulez bien, que j'en ai
eu l'idée il y a bien longtemps. – Ok, mais votre revenu

était-il vraiment détaché de l'obligation de travailler?»
lui demandait le Sven du rêve en servant le thé au grand
penseur, et ils se lançaient dans de longs débats sur le
travail, l'émancipation et le revenu de base universel en
grignotant des sablés encore tièdes que Sven trouvait par
miracle dans une boîte en fer verte, comme s'il les avait
cuisinés en bavardant, juste au moment opportun pour
nourrir et régaler l'inventeur d'Utopia. «Qu'est-ce que
c'est que ce revenu minimum universel?» a demandé
Nathalie.

«Une allocation, un revenu de base versé à tous, adultes et
enfants, sans obligation de travailler, a dit Sven Tikkanen,
fermant les yeux tandis que des oiseaux planaient sur le
ciel bleu. Les gens deviennent maîtres de leurs choix, a dit
Sven. Ils ont suffisamment pour vivre, et peuvent décider
de consacrer leur temps soit à la vie associative, soit à ne
rien faire, soit à travailler, et dans ce cas leur salaire s'ajoute
à l'allocation. Ce genre d'allocation est à l'étude dans
plusieurs pays, une forme en existe au Brésil, une autre
en Alaska. – S'ils ont réussi en Alaska, on devrait pouvoir
y arriver aussi, a dit Nathalie, émerveillée par la beauté
du ciel. – Le cas de l'Alaska est particulier, ils financent
avec la manne pétrolière, a répondu Sven Tikkanen. – Ah
oui oh là d'accord, a dit Nathalie. – D'un autre côté, ai-je
précisé, ne pas oublier, lorsqu'on fait le calcul, que le revenu
universel remplacerait l'ensemble des allocations actuelles.
De plus, le revenu est imposable, donc récupérable sur

les riches par la fiscalité. Enfin, plus besoin de contrôles, puisque tout le monde y a droit : nouvelles économies. Et pas de culpabilité, pas de stigmatisation d'une catégorie de la population, pas d'angoisse des vieux jours, stabilisation des classes moyennes qui cessent elles aussi de craindre l'avenir, pas de chômeurs en fin de droit, pas de SDF. – Exact, a dit Sven Tikkanen. Nous n'en sommes qu'au début. Pas pour le financement, le financement est acquis. La vraie difficulté, pour beaucoup, c'est la liberté. – Merci pour ces précisions », a dit Nathalie.

Le centre de la ville

Une autre fois, une autre amie, Veronica, m'avait montré par la fenêtre de son appartement au centre de Lausanne, une maison en paille construite par des squatters sur un terrain municipal. Sur la photo que j'ai prise de la maison de paille, on voit surtout des branches. J'aime cette photo ; elle ressemble aux photos de paparazzi pleines d'entraves à la vision, pleines d'herbes, de feuilles et de branchages au milieu desquels on distingue vaguement la présentatrice du journal télé en maillot deux-pièces. À ceci près que, sur ma photo, s'il y a bien une forme humaine, elle porte plutôt une espèce de grosse robe, ou chemise de nuit, appelons ça *un long truc couleur pastel, austère et irréductible qui n'a pas de ceinture.* Il y a aussi la maison de paille, mais là, il faut vraiment le savoir pour la repérer dans le brouillage végétal.

Quand Veronica m'a montré la maison, le bras de fer entre squatters et municipalité était déjà engagé. La partie était rude pour les autorités obligées de défendre la position étriquée voire ridicule de l'absence de titre de propriété ; tandis que la maison des squatters était un modèle d'auto-construction écologique. Il est toujours malaisé pour les autorités de s'opposer à ce genre de squatters irréprochables : les squatters sont désespérément vertueux et pendant que le reste du monde est occupé à rendre possible l'avidité infinie de quelques-uns, ou dans le meilleur des cas à augmenter l'injustice en baissant les impôts, ils réfléchissent, eux, à l'organisation d'un monde meilleur. La population du quartier prit leur parti et créa des comités de soutien, les squatters firent visiter leur maison de paille aux gens qui les soutenaient et offrirent des leçons de construction vernaculaire. C'est un vieux débat des civilisations de se décider sur ce qu'on va poser au milieu du village : un totem reliant le village aux ancêtres, à la nature et au monde animal ? Un four collectif ou une grande marmite accessibles à tous ? Le centre doit-il être une cathédrale ? Un saloon ? L'hôpital psychiatrique ? Une banque ? Le monument aux morts ? Selon les squatters suisses, c'était tout vu : leur maison modèle, comme toutes les actions modèles, devait être placée plus au centre que les actions indignes ou les actions neutres. Aussi ils refusaient de reconstruire leur maison en banlieue sur un terrain plus grand comme le proposaient les autorités.

« Même lors des ouvertures publiques, racontera un visiteur, même aux cours d'autoconstruction qu'ils organisaient, ils restaient récalcitrants. » Ça rappelait le Christ qui hurle du début à la fin dans le film de Pasolini, ou certains mystiques catholiques constamment de mauvaise humeur malgré un excellent fond : service de l'humanité dans son ensemble et rudoiement des occurrences singulières. Un jour, le propriétaire d'un appartement voisin tentera d'approcher la cabane : il sera mal reçu. Je ne sais plus comment les squatters l'accueillirent, peut-être ces cyberpunks lui jetèrent-ils des pommes pourries, ou des casseroles de marc de café qu'ils utilisaient pour fertiliser leur potager.

Antihéros

Dans la voiture, sur le chemin du retour, je dis à Sven Tikkanen que je lui montrerais en arrivant à la maison ma photo de la maison de paille. « J'ai aussi pour toi une photo des bottes vertes de Veronica, ajoutai-je pour plaisanter. Dans sa collection de chaussures, Veronica a une paire de bottes vertes en cuir retourné qui me font penser à ta thèse sur l'héroïsme, car ce sont les mêmes bottes que celles de Robin des Bois, des bottines très plates, avec le haut un peu large, d'un vert vif de prairie anglaise.» Sven répondit d'un ton sec que sa thèse portait sur les figures exclusivement contemporaines de l'héroïsme. «Je plaisantais», lui dis-je. Néanmoins, je réalisai à quel point j'avais des lacunes en héroïsme, à quel point mon idée du héros avait l'indigence du dessin animé de base. J'ai fini de grandir dans les années 80, des années où les héros étaient bien peu notre tasse de thé. Nous étions contre les héros; seul l'antihéros avait notre faveur. Quant à la maison de paille, après quatre mois d'existence, elle sera détruite dans un incendie et la piste de l'accident sera privilégiée.

Années 80

Les années 80 n'ont vraiment pas bonne presse. Il est triste, entend-on continuellement, d'avoir grandi en cette période d'effondrement de la pensée et de régression politique. Cette remarque est si fréquente qu'elle finit, je le signale, par devenir blessante pour tous ceux qui grandirent dans les années 80. Comment aurait-on pu faire autrement?

Au point de vue héroïsme, les années 80, il est vrai, achevèrent les destructions de la décennie précédente. Le héros, devenu inutile, fut remplacé par l'antihéros. Le héros, concentré sur quelques qualités hors normes, passait pour un crétin prévisible, vite confondu avec les acteurs aux muscles énormes et huilés, ces gros analphabètes tout durs qui tournaient dans les péplums à Cinecittà. Seul l'antihéros en demi-teintes savait nous satisfaire. Nous aimions les personnalités énigmatiques constituées de couches superposées, acceptant la possibilité de l'errance et celle de l'échec, bouleversées par les percées surprises de l'inconscient. S'il est vrai aussi que les avancées de la pensée politique des années 70 furent humiliées par les années 80, en revanche, côté révolution sexuelle, attention, ce fut une période exemplaire, on garda tout et on l'améliora. Il faut savoir qu'avec l'antihéros, les gens s'en donnèrent à cœur joie. On oublie toujours de mentionner à quel point les années 80 furent une grande période pour l'amour. Les gens n'étaient pas inquiétés par l'étrangeté de leurs partenaires, ils examinaient tendrement et sans peur la folie, les petites lubies, les failles et les remous. Ils aimaient les excentricités divisant le silence. L'amour fou était l'expérience numéro un. C'est ainsi qu'à un moment nous prîmes cette habitude de courir sur des plages pieds nus dans le sable face à un amoureux courant en sens inverse, nous courions au ralenti dans les couchers de soleil sur une musique d'Ennio Morricone, c'était la grande période écume et monokini de l'amour en Occident, même si, comme l'ont noté les observateurs, nous confondions en fait deux choses.

Nous confondions tradition courtoise et collection Harlequin. Nous confondions la grandeur de la passion courtoise et la romance, ce vulgaire mélodrame, avec ses partenaires successifs, ses décors de couchers de soleil, ses divorces. Pour nous, c'était une seule et même chose, nous étions aveuglés, exactement comme le déplore Denis de Rougemont dans *L'Amour et l'Occident*. Et tant pis pour la confusion parce que c'était super, rien ne pouvait nous arrêter. Et tant pis pour la rigueur, parce que nous entrions dans les vagues et que l'écume se mettait à mousser tout autour, les éléments donnaient leur feu vert, les cheveux étaient décolorés par le soleil, nous bronzions sauvagement sans attraper aucun cancer. Notre peau était brune, comme celle d'Erri De Luca lorsqu'il était enfant et qu'il passait ses vacances en Sicile, et que lui et ses copains balançaient leurs sapes au début de l'été. Puis ils jouaient tout l'été dans les rochers, ils pêchaient, se baignaient ; et à la fin de l'été leur peau avait durci. Grâce au soleil ils étaient enveloppés d'une merveilleuse carapace protectrice.

SunDog

Loin de là, sur la côte ouest des États-Unis, en Californie, il y avait un garçon nommé SunDog qui était hacker. « SunDog est une vraie tête de mule, disait de lui Ann sa petite amie à la cascade de boucles blondes, généreux c'est vrai, mais il a une espèce d'inertie, il continue sur sa lancée. Même lorsqu'il faut arrêter quelque chose, une activité, SunDog n'arrêtera pas, disait Ann, il continuera comme s'il n'entendait rien. Cela ne signifie pas qu'il est rigide, il s'agit plutôt d'une persévérance inconsciente d'enfant.

Par exemple, vous savez, les enfants ne se rendent pas compte de l'heure qu'il est, des enfants auront tendance à jouer encore au basket dans le jardin sous la lumière de la lune, alors qu'il est minuit et que toute la famille est au lit depuis longtemps», c'est toujours Ann qui parle.

Ce soir-là, SunDog doit se rendre à une conférence de hackers, une vraie belle soirée entre hackers. Il se glisse dans son placard pour y prendre la valise métallique dont il a couvert l'intérieur de mousse noire afin d'y transporter un ordinateur. «Il faut encore que je prenne un ordinateur, dit-il à Ann, sans un ordinateur la soirée ne serait pas complète.» Puis SunDog embrasse Ann sur ses cascades de cheveux blonds, et part pour la conférence numérique. Depuis qu'il est connu comme hacker, SunDog couche avec des filles superbes, et là ce n'est plus Ann qui parle. Peu importe, l'adultère ne nous intéresse pas, c'est un sujet dont la littérature a déjà suffisamment fait le tour. En revanche, comme dit SunDog, «c'est génial d'être un hacker, c'est comme être champion de surf ou chanteur de rock, d'ailleurs il y a des points communs entre nos modes de vie». SunDog s'est rendu célèbre en inventant un petit programme permettant de trouver une entrée dans n'importe quel serveur et en mettant ce programme simple, robuste, léger, en libre accès sur Internet. Pour l'installer sur un serveur, il le cache dans un fichier plus volumineux qui sert de cheval de Troie et il balance le tout ; arrivé à destination, le programme s'auto-installera et attendra que SunDog vienne l'activer et prendre possession du serveur. Ce logiciel lui a apporté mieux que l'argent : la gloire.

La soirée est organisée dans un hôtel de luxe par un de ses amis hackers. Au menu, une conférence où cet ami analyse et décrit le défaut qu'il vient de trouver sur un site, les données techniques, les failles du système de sécurité, puis une soirée avec de la danse, de la musique, et du sexe bien sûr. En fin de soirée, SunDog offre à son ami l'ordinateur qu'il a apporté pour que cet ami puisse le casser. Comme on est après 2005, cela se fait moins de briser des ordis sur scène, c'est dommage. Les hackers sont temporairement affaiblis ; ils ont souffert des campagnes de presse qui les décrivent comme des délinquants. Alors qu'un hacker est tout le contraire, un hacker est un bricoleur génial, quelqu'un de formidable qui comprend un procédé technique ultracompliqué. Le hacker enchante autrui par son perfectionnisme, sa compréhension intime du système ; il refuse de se laisser aliéner par les applications techniques, et d'être soumis, comme 99 % de l'humanité, aux machines, aux interfaces et aux vendeurs de licences. Il veut rester libre ; et jusque dans les années 2000, il éprouvait si fort cette liberté, il l'éprouvait surtout si fort en fin de soirée, qu'il attrapait un ordinateur et le brisait en le jetant par terre.

Heureusement, pour SunDog, rien n'a changé. SunDog est aidé par son inertie et ne se laisse pas impressionner. Ce n'est pas parce qu'on lui dit d'arrêter de briser des ordinateurs qu'il va s'arrêter, il est têtu et continue de mettre des paniers avec son ballon éclairé par la lune, comme dirait Ann sa petite amie, il casse ses ordinateurs tranquillement sous la lune. En fin de soirée donc, ayant rassemblé les invités sur la terrasse de l'hôtel, il fait cadeau à son ami de l'ordinateur qu'il lui a apporté. Et dans la nuit douce et pleine d'odeurs de fleurs, comme ces luddites du Yorkshire brisant les machines de leurs ateliers, comme ces canuts lyonnais expédiant leurs métiers à tisser par la fenêtre, ils jettent l'ordinateur par terre et le piétinent.

Small world phenomenon

Vexée par la remarque acide de Sven à propos de Robin des Bois lorsque je lui avais parlé des bottes vertes de mon amie Veronica, j'accumulais les erreurs de conduite. Après que j'ai dépassé un camion sans visibilité suffisante sur la fin du Massif central, Sven m'a indiqué un parking où nous pourrions nous arrêter. Un quart d'heure plus tard, alors que nous buvions nos cafés et mangions des sandwichs, est arrivé un garçon blond immense en K-Way cape bleu marine lui descendant jusqu'aux pieds et cette cape m'a rappelé une femme en burqa bleu marine que j'avais vue une fois dans le métro et qui s'était assise sur une chaise orange sans prendre garde à la pancarte peinture fraîche. Mais le plus étonnant n'était pas le K-Way cape : en entrant dans le café, ce garçon nous a fait un signe de la main, s'est approché de nous, a salué Sven Tikkanen, s'est présenté à moi comme s'appelant SunDog et s'est installé à notre table. Oui, c'était étrange, SunDog, le hacker californien, se trouvait dans le même café que nous, en lisière de désert français ; et par-dessus le marché, Sven Tikkanen et lui se connaissaient. La situation m'échappait : je pensais que nous nous étions arrêtés là à cause de la fatigue du voyage et parce que ma manière de conduire la voiture devenait hasardeuse ; en même temps, j'avais l'impression qu'ils avaient rendez-vous. Peut-être la rencontre n'a-t-elle rien de si étonnant, me suis-je dit, c'est comme toutes ces fois où, croyant se promener tranquillement en brousse, on tombe sur un collègue de bureau. Cette mauvaise surprise est bien plus fréquente qu'on ne l'imagine.

« C'est le *small world phenomenon*, a dit Sven Tikkanen en souriant.

– Alors là, pas du tout, tu te trompes, lui ai-je dit. Le *small world phenomenon* n'a rien à voir avec ça. C'est ce phénomène selon lequel six intermédiaires seulement nous séparent de n'importe quelle personne au monde : six personnes se connaissant les unes les autres font une chaîne entre nous et n'importe qui. En France, nous parlons souvent de cela dans les dîners : nous sommes à table et, dans un creux de conversation, les gens se mettent à compter et à énumérer combien de personnes les relient au président de la République, au dalaï-lama ou à Amélie Poulain. Et aussi incroyable que cela puisse paraître, ils trouvent toujours un chiffre inférieur ou égal à 6. Puis, un invité découvre, horrifié, qu'il est malgré tout plus proche de n'importe quel dictateur que d'un Papou de Nouvelle-Guinée. En fait, ai-je précisé, toutes les personnes ne sont pas équivalentes en taux de connexion. Il y a des gens comme les journalistes ou les acteurs qui sont très connecteurs, beaucoup de ces chaînes passent par eux ; et des gens comme les Papous de Nouvelle-Guinée qui ne sont pas connecteurs.

– Il suffit de connaître un anthropologue », a dit SunDog pour entrer dans la conversation.

Rêve 6 – Le grand Pingouin

SunDog racontait à présent son parcours de hacker au micro d'un enregistreur numérique sorti par Sven de son sac. Une interview dans les règles qui allait dans le sens d'un rendez-vous préalablement organisé entre Sven Tikkanen et SunDog. SunDog expliquait qu'il avait débuté à huit ans avec les premiers ordinateurs vendus aux particuliers. Entre copains d'école, ils rédigeaient un petit journal et avaient eu envie d'échanger avec des enfants du Texas, ils voulaient juste avoir des correspondants. À cet âge de petit adulte qui précède de peu l'adolescence, on est dénué de mauvais esprit, on s'intéresse à tout avec sérieux et candeur. À l'insu des parents, ils réussirent à passer clandestinement par le réseau de téléphone pour connecter leurs ordinateurs aux machines des enfants texans. « Pour l'époque, nous étions précoces, dit SunDog, mais aujourd'hui, les petits ont quatre ans quand on leur offre leur première bécane, ils sont compétents à sept ans, professionnels à neuf. » De fil en aiguille, les tâches des petits hackers s'enchaîneront naturellement : ils infiltraient des systèmes, dénichaient les erreurs de programmation, prévenaient gentiment les propriétaires en leur indiquant comment corriger les erreurs. Ils inventaient l'éthique hacker, de plus en plus conscients qu'ils étaient l'unique contre-pouvoir crédible dans l'univers technologique où s'ancrent la surveillance et le contrôle généralisés menaçant nos sociétés. Un jour, SunDog participera à un concours où le 102e appel téléphonique doit gagner une Ferrari, il pénétrera le standard téléphonique comme s'il avait huit ans, et son appel arrivera exactement en bonne position ; et le voilà parti en Ferrari avec encore plus de filles superbes, luttant contre encore plus de techno-tyrannies. SunDog s'attristait du tort absurde que font les médias aux hackers en les faisant passer pour des pirates, sans se rendre compte que c'est à la société entière, à la liberté, qu'ils portent préjudice. Se tournant vers moi, il m'a appris qu'en France, la loi était appliquée de plus en plus sévèrement en cas d'intrusion dans des systèmes et de publication des failles. « Ah... ai-je répondu. – En Suède, c'est exactement la même chose, a dit Sven Tikkanen, on ne peut presque plus rien publier, on est obligé de se cacher. » Puis il m'a regardée en rougissant. La lumière venait de se faire d'un coup sur les activités extraprofessionnelles de Sven Tikkanen, sur son emploi du temps toujours encombré, sur la panne suspecte affectant sa thèse de philosophie.

Au départ, m'a expliqué Sven, c'est pour sa thèse sur l'héroïsme qu'il avait cherché à rencontrer des hackers. Ayant prévu d'orienter ses réflexions sur l'héroïsme contemporain vers les nouvelles formes du pouvoir et vers l'hacktivisme, activité de résistance de ces nouveaux héros que sont les hackers, il s'était rapproché d'eux ; puis il s'était pris au jeu. Il codait, cryptait et attaquait des sites. Après quoi, peu de loisir restait pour le travail. En même temps, il se voyait mal ouvrir son cœur au directeur du département Philosophie de l'université de Stockholm et justifier son retard par des activités illégales. Sven Tikkanen avait accumulé beaucoup de matière pour sa thèse, il y pensait tout en codant ; mais la rédaction proprement dite était indéfiniment repoussée, tant il trouvait excitant, beaucoup plus excitant en fait, d'empêcher de dormir les gouvernements, les banques et les patrons de grands groupes. Excitation cool et désir de perfection déjà présents dans le rêve du grand Pingouin.

« Quel grand pingouin ?, ai-je demandé.

— Le Pingouin de Linus, le fondateur du système d'exploitation Linux, m'a dit Sven, un pingouin qui lui rend visite en rêve.

— Oh là oui, Linux, ai-je dit, c'est déjà ancien.

— Années 90, a dit Sven, mais toujours d'actualité.

– Un jour où Linus avait beaucoup travaillé à l'architecture informatique, m'a raconté SunDog, il tomba en transe et eut la vision de ce grand et beau Pingouin en train de déguster un poisson assis sur la banquise. Le Pingouin symbolisait le système d'exploitation qu'allait bientôt créer le jeune chercheur finlandais, et le poisson avalé représentait les codes trop complexes et les licences payantes. Le rêve de Linus signifiait que le grand Pingouin allait chasser et dévorer tout ce qui est trop compliqué, bidon et source de plantage. Il devait capturer l'ensemble des codes qui se tortillent comme des spaghettis, qui sont infestés de créatures dégradantes ou entravés par des licences inquiétantes et dangereuses. Le Pingouin était serein sur la banquise, il n'aimait pas les emplois rémunérés, préférant qu'on se lève à n'importe quelle heure pour coder, et qu'à d'autres moments, on laisse tomber pour jouer en réseau ou sortir faire un tour. Le Pingouin aimait les logiciels simples, astucieux, efficaces, gratuits. Depuis sa lointaine banquise des années 90, le Pingouin continuait de veiller sur l'esprit hacker, sur le copyleft et l'approche ludique du code.

À force, tous ces débats sur le loisir et le travail m'ont fait brutalement repenser que le PowerPoint que je devais terminer pour ma lecture de poésie était loin d'être prêt. J'allais avoir besoin de la soirée et peut-être de la nuit pour terminer.

Quasi-impossibilité du travail

« Je dois faire un bon PowerPoint, c'est important, ai-je dit à Sven Tikkanen dans la voiture, tandis que, lui au volant, nous rentrions bien plus vite que lorsque je conduisais. Le dosage du cocktail amateur / professionnel est primordial. » Je commençais à être tendue, ma lecture de poésie avait lieu le lendemain. Il avait fait si beau en montagne, tout était si agréable, que notre voyage m'avait détournée de la tâche plus longtemps que prévu. Il en va ainsi avec l'affluence des relations humaines : petits sourires, engourdissements, shorts de plage, décalages d'humeurs et minuscules réglages en découlant, forment un dense réseau scintillant qui accapare l'esprit. C'est pourquoi nous pouvons en général si peu travailler. « Aucun problème, m'a dit Sven en accélérant sur le périphérique, j'ai promis de t'aider. »

Une fois chez moi, j'ai retrouvé très vite dans une boîte les photos prises chez Veronica que je voulais montrer à Sven. « Je ne suis pas une professionnelle de l'héroïsme… et pas une pro de l'image non plus, comme tu vois, lui ai-je dit. – Pas si mal, a-t-il dit en allumant les ordinateurs, mais jette un œil à l'occasion sur les libertariens anglais du 17e. »

Je ne sais pas tellement bien composer une image de chaussures, on voit que c'est trop sombre à gauche, et l'angle de vue n'est pas génial non plus.

Là, avec seulement les bottes vertes de Veronica sur son parquet, ça va déjà mieux.

Une soirée informatique

« Focalise-toi sur les idées », me disait Sven. Il prendrait en charge l'ensemble des tâches techniques dont je lui donnai la liste : transcoder des vidéos, télécharger codecs et documents, faire des copier-coller, réaliser le diaporama, en faire une copie dvd et une seconde pour la sécurité. Sven Tikkanen savait à quel point l'usage intensif de la technique est risqué pour les idées, à quel point on doit s'occuper encore plus des idées si on s'occupe plus de la technique. Ainsi sont nos héros les hackers ; quasiment seuls à prendre la mesure de l'impact technologique sur la pensée, ils rappellent volontiers que dans *L'Enfer* de Dante, Platon et Socrate sont autorisés à poursuivre

leurs discussions philosophiques et leurs travaux de
recherche.

Vers vingt-trois heures, comme je restais contractée, Sven
Tikkanen m'a invitée à une pause détente sur Internet.
Il m'épargnait les sites les plus abrupts comme la NASA,
le site du gouvernement nord-coréen ou celui d'une
centrale nucléaire ukrainienne. « Nous visiterons tout
simplement le site du Crédit Agricole, m'a dit Sven. – Pas
une banque, c'est sinistre », ai-je dit, mais dans la fenêtre
où on lit d'ordinaire *Changez régulièrement votre mot de
passe*, Sven avait préparé un petit cadeau d'adieu : le message
de la banque était remplacé par un aquarium vert pâle
où Laetitia Casta nageait lentement sous l'eau comme
un fœtus à cheveux longs, et récitait parmi les glouglous
des bulles des centaines de numéros de cartes bleues –
« cartes de crédit appartenant exclusivement à des Finnois
aisés vivant sur une île à côté d'Helsinki », m'a rassurée Sven
Tikkanen. Je mémorisai malgré moi quelques numéros
au passage.

Après une incursion sur le site des Familles de France où
nous avons donné des avis anarchisants dans une discussion
entre parents, nous sommes entrés sur le blog Pokemon.
Les Pokemon qui n'étaient pas encore au lit bien qu'il soit
presque minuit discutaient entre eux et avec des enfants.
Sven Tikkanen, se faisant passer pour Azurill, a entamé

une discussion avec Chapignon sur un ton aimable, puis en deux ou trois échanges, il est devenu désagréable, puis insultant. Chapignon n'en revenait pas, il ne pouvait comprendre que son camarade Azurill d'habitude si mignon soit devenu belliqueux. La modératrice qui veillait sur les échanges est intervenue : « Stop, pas de disputes, vous allez trop loin tous les deux. » Finalement, Azurill, c'est-à-dire Sven, a adressé vingt-huit fois à Chapignon le post : « Enculé de fils de pute de ta mère la salope. Gros PD de chieur à la con. » Je ne pensais plus du tout à mon PowerPoint de poésie. Des enfants s'interposaient : « Mais arrête, Azurill, c'est de la méchanceté gratuite, Chapignon ne t'a rien fait, tu es injuste. » La modératrice, formée pour gérer ce genre d'incidents, a entrepris de consoler Chapignon. Elle a dit aux enfants encore connectés d'aller se coucher, et n'a pas oublié non plus de réconforter le véritable Azurill lui-même complètement désemparé : « Azurill, ne t'en fais pas, je sais bien que ce n'est pas toi qui as écrit ça, ça ne te ressemble pas. »

Quelques heures plus tard, ma conférence était prête. Je l'ai récitée entièrement à Sven Tikkanen, et nous avons vérifié que tout fonctionnait, diaporama, vidéos, textes. Sven Tikkanen me faisait répéter les passages délicats, m'encourageait comme un coach malgré l'heure tardive.

Le lendemain matin, chaleureux au revoir et remerciements de part et d'autre. Le projet touristique de Sven Tikkanen avait été détourné, la parenthèse *Baignade, centres historiques & filles faciles* habilement esquivée. J'étais heureuse pour nos filles faciles épargnées dans l'histoire.

La lecture de poésie

Le PowerPoint que Sven et moi avions réalisé était bien plus professionnel que mes précédents diaporamas. Le soir même, pendant ma lecture de poésie en public, je me réjouissais de la qualité des images et documents sonores qui défilaient et que je commentais au micro, tentant des passerelles logiques, des tunnels oniriques. Mais après une demi-heure impeccable, l'une de mes projections vidéo a commencé à se transformer : l'écran se parsemait de points rouges. La vidéo a suivi son cours normalement, je ne pouvais de toute façon pas l'arrêter, la fonction stop ne répondait plus ; mais sur l'écran les zones rouges prenaient de l'ampleur et se rassemblaient en grandes lettres rouges formant peu à peu un message par-dessus mes images : « *Enculé de fils de pute de ta mère la salope. Gros PD de chieur à la con, signé Azurill.* » Je ne savais plus comment terminer ma conférence poétique bloquée sur ce message. C'est le genre de moment où on aime se reposer sur un régisseur, un ami informaticien, un coach, mais Sven Tikkanen n'était malheureusement plus là pour résoudre le problème. Par chance, me sont revenues assez vite à l'esprit les phrases bienveillantes que la modératrice adressait aux enfants et aux Pokemon choqués, et j'ai dit au micro : « Ne pleure pas Azurill, je sais bien que ce n'est pas toi qui a écrit ça, ça ne te ressemble pas. » Puis, réconfortée moi-même par ce conseil, apaisée par la gentillesse d'un public souriant qui ne montrait aucun signe d'inquiétude et semblait attendre la suite comme si tout cela était un gag bien orchestré, j'ai éteint l'ordinateur et poursuivi ma conférence sans diaporama, racontant, décrivant, ce que nous aurions dû voir et entendre. Comme le font de plus en plus de généraux de l'armée américaine lorsqu'ils exposent sans filet la situation à d'autres généraux ou au président Obama, je me suis lancée.

L'homme qui disait toujours *C'est joyeux*

E... de F... de P... de ta M... la S... G... P... de C... à la C...

Je sais bien que ce n'est pas toi qui as écrit ça. Ça ne te ressemble pas.

C'est joyeux.

FRIEDRICH NIETZSCHE EST-IL HALAL ?

Un jour dans les années 2000, une jeune fille prénommée Batoule apprenait le violoncelle, elle portait un hijab et jouait dans un orchestre symphonique amateur. À cette époque, les actionnaires d'entreprises, qui au départ étaient des personnes, s'étaient déjà transformés en investisseurs institutionnels (I.I.) ; ce n'étaient plus des gens, mais des banques, des fonds de pension, des compagnies d'assurances ; ces nouveaux actionnaires incitaient les entreprises au downsizing : que les entreprises soient mondiales avec le moins possible de salariés, qu'elles dégraissent et rajeunissent constamment leurs effectifs. Les nouveaux actionnaires faisaient peser le risque sur les salariés et les sous-traitants ; eux-mêmes ne voulaient plus prendre aucun risque. Les risques les ennuyaient, ça les saoulait ; ils préféraient que d'autres, des moins puissants, des plus pauvres, les prennent à leur place. Ce faisant, les années 2000 avançaient, Batoule approfondissait ses connaissances et consacrait beaucoup de temps à son site. « Oukhty salam, lui écrivaient ses sœurs, merci pour tes excellents messages. » Batoule travaillait son violoncelle pour le concert de fin de trimestre. Les traits d'orchestre étaient techniques, c'était de la musique romantique, mais Batoule, sous son hijab, avait une volonté indestructible.

Avec :

Batoule

Nadia et les filles

William Farrell

François

Spectatrice

Belle_de_nuit

Friedrich Nietzsche

Louis de Funès

Populations française et italienne

Le site de Batoule

Un été où elle n'avait pas envie de bouger, Batoule s'était construit un site, avec dès l'origine la volonté de développer deux volets parallèles d'activités. D'un côté, Batoule et ses copines inventeraient des histoires, des fictions qu'elles écriraient à partir de personnages de films ou de dessins animés, *Harry Potter*, *Naruto*, *X-Files*, etc.; elles se refileraient des idées, joueraient tour à tour le rôle de bêta-lectrice, se corrigeraient les fautes. De l'autre, elles auraient un espace pour discuter du bien et du mal, du halal et du haram, elles débattraient casuistique, prendraient des exemples, et tenteraient de détecter les moments où c'est carrément le Sheytan qui vient poser des tentations juste sur ton chemin pour te tester et voir si tu es digne d'être serviteur d'Allah. Après quelques semaines, les deux volets fonctionnaient ; le site engrangeait beaucoup de clics, surtout si on compare avec d'autres sites tenus par des ados. Pour ce qui était du deuxième volet, le volet casuistique, le débat n'était pas très équilibré, Batoule dominait largement. D'abord c'était son site ; et puis elle était si sage et mastoura, que les sœurs étaient impressionnées, il était difficile de lutter. Aucun problème d'ailleurs, tout le monde s'arrangeait très bien de cette situation, car beaucoup de filles préfèrent questionner, quand Batoule, par-dessus tout, aimait répondre. Les sœurs lui demandaient conseil, elles demandaient par exemple : « Fi-amanillah ! Assalamu alaykum ma très chère sœur, est-il halal de porter des chaussures à talons ? – Salam alaykum Oukhty, répondait Batoule, pour que tes talons fassent moins de bruit et qu'on ne te remarque pas à cause d'eux, va voir le cordonnier et fais poser des semelles en caoutchouc. Choisis des talons pas trop hauts et tes escarpins ne doivent pas non plus être flashis. » D'autres fois, les sœurs demandaient : « Je dois aller au mariage de mon cousin. Est-ce que je pourrai mettre du rouge à lèvres ? » Batoule disait : « Tu pourras te maquiller un peu. Tant que tu es mastoura, couverte et sobre, tu peux te maquiller légèrement, c'est joli. » À propos de la mode, Batoule avait l'habitude de rappeler qu'Allah ne nous a jamais demandé de nous habiller comme des sacs. Néanmoins, on doit rester discrètes, et quant aux chaussures, bijoux, accessoires de mode, Batoule mettait en garde ses amies : « Attention ma sœur, disait-elle, le souci c'est quand on différencie plus les sœurs fashion des pieuses avant tout. »

Une fois, Batoule, que je croisais de temps en temps car elle était la fille d'une de mes anciennes camarades d'université, me conseilla aussi un maquillage léger qui m'irait bien. « Tu as raison, lui dis-je, je devrais me maquiller. Souvent j'oublie, ça ne me vient pas à l'idée. Peut-être me suis-je suffisamment maquillée avant d'avoir vingt ans. Tu sais, dis-je à Batoule, nous étions peu mastoura, nous ne savions pas que nous aurions dû couvrir notre poitrine, nous abusions des décolletés. Au collège nous nous disions bonjour d'un petit baiser sur la bouche. Je dois dire que j'aimais cette tendresse universelle qui n'implique pas le mariage. »

Devise de Batoule

Une cascade de glace ne peut constituer un mur infranchissable était la devise que cette jeune Batoule se répétait en travaillant ses partitions de violoncelle, ainsi que face à la plupart des difficultés de l'existence. Cette phrase jouait un grand rôle dans son dynamisme indéfectible ; pour toutes les tâches qu'elle menait à bien, Batoule se rappelait la devise qu'elle avait faite sienne depuis la classe de cinquième. Elle se la rappelait à voix basse plusieurs fois dans la journée, et la murmurait encore chaque soir à son petit frère pour l'endormir. Batoule résolvait ses équations de maths : *Une cascade de glace ne peut constituer un mur infranchissable.* Elle aidait sa mère à repasser une montagne de linge : *Une cascade de glace ne peut constituer un mur infranchissable.* Elle essayait le scooter de son frère sur une route de campagne : *Une cascade de glace ne peut constituer un mur infranchissable.* Elle répétait des heures durant au violoncelle les mesures les plus techniques des traits d'orchestre, car le concert était le dimanche suivant : *Une cascade de glace ne peut constituer un mur infranchissable.*

Le soir, lorsque Batoule mettait son petit frère au lit, elle s'allongeait un instant près de lui sur la couette et murmurait dans la pénombre : « *Une cascade de glace ne peut constituer un mur infranchissable, une cascade de glace ne peut constituer un mur infranchissable.* » Elle lui disait : « Tu t'imagines une cascade de glace ? Tu sens comme une cascade de glace est merveilleusement étincelante, et en même temps plantée là, immense et rigide au plein milieu du paysage ? Pourtant, lui disait-elle, aucune importance, on ne va pas se laisser troubler par une cascade de glace, on franchit cette cascade, on n'a pas à parlementer avec des parois glacées, hop on passe. Tu sens le courage et l'ambition qu'il faut pour prononcer ces mots ? » murmurait Batoule à son frère qui dormait déjà. Parce que pour l'endormir cette phrase était radicale. Dès que Batoule la prononçait, le tout petit garçon s'endormait dans l'instant. Le tout petit garçon arabe tombait anéanti par tant de courage et tant d'ambition. La devise le terrassait d'emblée. Le tout petit garçon arabe ne savait pas, mais sentait déjà en rêve que l'avenir ne serait pas forcément une partie de plaisir. Ce serait un avenir de Sisyphe dans une société montagneuse très escarpée qui a un problème avec l'égalité, une société gelée où il reste encore une petite place pour les Batoules hyperactives mais pas grand-chose pour le garçon arabe, ses cheveux super-courts, son air toujours un peu speedé.

Quant à Batoule, elle n'était pas alpiniste elle-même. Elle n'avait que treize ans à l'époque du sauvetage en montagne et n'avait jamais mis les pieds sur un glacier. Sa phrase fétiche, elle l'avait empruntée à des gendarmes des neiges qu'elle avait vus un soir à la télévision.

Atmosphère fabuleuse de la montagne

« Que ce soit films, séries TV, pubs, expos d'art contemporain, disait souvent Batoule, vous aurez toujours le même problème ; il pourra y avoir à tout moment des femmes dénudées, baisers, histoires d'amour illicites, etc. Du coup, dès que vous regardez la télé en famille, vous devez vous attendre à un moment où tout le monde gigote dans les canapés du salon, se crispe, détourne la tête, jusqu'à ce que quelqu'un se précipite sur la télécommande et change de chaîne. »

Le soir où Batoule entendit pour la première fois sa phrase fétiche sur les cascades de glace, elle était avec sa famille devant le film diffusé en prime time, un téléfilm en fait où deux Slovaques, boursières Erasmus, passaient un an à la fac de médecine italienne. Les deux étudiantes ne parvenaient pas à assister aux cours de médecine, car elles se levaient trop tard, tout le temps à midi, stupéfaites du regard noir des étudiants italiens. Le téléfilm était une coproduction européenne très moyenne avec une esthétique par défaut, une esthétique de quotas où l'on sent que chacun a pris sur lui pour accepter l'imaginaire un peu naze des autres pays. Cela n'empêcha pas Batoule d'être troublée par l'histoire : elle se destinait elle-même à des études de médecine et aurait adoré une bourse Erasmus ; elle ne risquait pas bien sûr de tomber amoureuse d'un catholique romain, mais pour le reste elle s'identifiait aux deux Slovaques. Un soir, à la nuit tombée, les deux filles et deux internes italiens allumaient un feu sur la plage. Le premier baiser du film eut lieu au petit jour entre un étudiant italien et la plus blonde des deux amies. Baiser stoppé en deux secondes par la sœur aînée de Batoule, qui enchaîna sur un reportage en haute montagne : des sauveteurs affrontaient la paroi d'un glacier pour récupérer un alpiniste ayant dévissé quelques heures plus tôt. Deux gendarmes des neiges en salopette bleue descendaient sur quatre-vingts mètres de dénivelé pour lui prodiguer les premiers soins, tandis que ceux qui étaient restés en haut installaient le treuil Kong, un appareil qui permet de hisser le blessé à la force des bras. Ce faisant, le capitaine de gendarmerie expliqua à la caméra que le treuil Kong est un outil extraordinaire, grâce auquel même une cascade de glace ne peut constituer un mur infranchissable, etc.

Batoule, déjà à fleur de peau à cause des deux traînées d'Europe de l'Est, puis bouleversée par cette histoire de baiser sur la plage, puis émue par l'immensité démesurée des Alpes en hiver et par la beauté héroïque des hommes, adoptera automatiquement la devise du capitaine de gendarmerie qui s'imprime dans son esprit : *Une cascade de glace ne peut constituer un mur infranchissable.*

COLLECTION DE BAISERS (6)

Épiphénomène amusant de ce genre de zapping : tous les films se terminaient par un baiser.

Il est vrai que le procédé n'est pas entièrement neuf, Hollywood avait déjà pensé à placer le baiser en fin de film. Mais Hollywood, toujours BCBG, procédait avec une douceur extrême, laissait le baiser se dérouler, puis envoyait le générique qui constituait une longue transition musicale vers le réel. Alors que là, sur les canapés et les fauteuils de la famille de Batoule, la brutalité de l'opération malmenait les libidos des uns et des autres : le premier qui attrapait la télécommande changeait de chaîne, la soirée télé bifurquait n'importe comment dans une ambiance de sauve-qui-peut. Le baiser tronqué débouchait sur un sujet n'ayant aucun rapport. Baiser puis gala de patins à glace, ça encore, ça passait. Baiser puis une bijouterie était dévalisée par un gang d'une rare violence. Baiser puis sketch comique assez vulgaire. Baiser puis sur l'autre chaîne, viol d'une femme dans une maison isolée, aïe, aïe, aïe, ça n'allait pas non plus, on rechangeait : une famille d'éleveurs endimanchés présentait ses vaches à un concours.

Tout cela, au point de vue libido, était beaucoup plus audacieux que les scénarios classiques. Hollywood, avec ses scénarios attendus, restait engoncé dans les conventions bourgeoises. Avec cet usage intempestif de la télécommande au contraire, l'imaginaire amoureux était modifié. Le gonflement du désir provoqué par le baiser et par les scènes de flirt l'ayant annoncé, ne pouvant pas s'éteindre instantanément, se trouvait brutalement redirigé n'importe où et se mettait à bondir dans le monde entier. Le gonflement du désir quittait le baiser et allait s'encastrer totalement au hasard dans le patinage, dans les nouveaux modes de crédit immobilier, dans les gratte-ciel de Shanghai, dans une femme seule chantonnant, aïe, non pas elle, dans les éleveurs bovins. Le désir, un peu pris au dépourvu, s'adaptait et se redéployait sur n'importe quel objet ; il désirait la bijouterie, un nouveau crédit immobilier, des Chinois à Shanghai, le treuil Kong, les cascades de glace et le capitaine de gendarmerie avec ses lunettes de soleil miroir. On aurait dit l'amor fati bondissant ici et là, faisant le zèbre dans n'importe quelle tribu du monde. Un baiser ultracommun, un baiser hétérosexuel franco-français ou italo-slovaque se transposait sur autre chose, et devenait l'amour fou de chaque élément du monde, un amour vraiment excentrique, c'était dingue, c'était du Nietzsche enfin mis en pratique. Il est vrai que Nietzsche avait souvent déconcerté ses lecteurs avec son idée d'amor fati : « Aimez chaque détail du monde même s'il est horrible, disait à peu près Nietzsche, toute la réalité est bonne, donc arrêtez de choisir, aimez le destin, qu'il vous plaise ou non, et le monde, qu'il soit aimable ou non, beau ou insupportable. » Et à chaque fois qu'il disait cela, les gens avaient un air perplexe et interrogatif, ils se demandaient comment s'y prendre, quelle méthode adopter pour aimer comme ça tous azimuts. Or, un bref instant sur les canapés de la famille de Batoule, avant que le désir retombe et se neutralise à nouveau, on avait la nette impression que Nietzsche était parvenu à ses fins et n'avait pas œuvré en vain.

Fanfiction & storytelling

Sur l'autre versant du site de Batoule, le versant fanfiction, c'était Nadia, la meilleure amie de Batoule, qui tenait les rênes ; sur ce volet plus participatif, tout le monde s'activait. Les filles publiaient des histoires inédites mettant en scène des personnages de fiction connus, Harry Potter, Batman, Naruto, Gladiator, ou des personnages réels comme les musiciens de Tokyo Hotel. Il y avait une effervescence studieuse, les filles progressaient sur leurs fics. Elles menaient de front activités d'auteur et de critique ; c'est un travail de fourmi d'améliorer la structure des paragraphes, de limiter l'usage des adverbes, de construire ses phrases avec les prépositions correctes. Surtout, elles s'attachaient à créer des personnages complexes, cohérents avec l'univers de référence. Inventant par exemple ce que dans leur jargon elles nommaient les *side story*, elles profitaient de leur liberté totale de création pour développer et enrichir les événements secondaires que les scénaristes officiels, soumis au diktat des producteurs et diffuseurs, n'ont pas le loisir de traiter. Ou alors elles se lançaient pour rire dans un mini *self insert*, où on les voyait apparaître elles-mêmes aux côtés d'Harry Potter ou dans une cafète avec un des jumeaux de Tokyo Hotel. Sinon, c'était comme dans tout groupe humain, puristes et jusqu'au-boutistes avaient leur piédestal réservé et forçaient le respect : ainsi Anna et Mirabelle, deux filles de troisième, qui avaient entrepris de maîtriser le japonais avant d'écrire la première ligne de leur fic sur Naruto. Elles échangeaient avec des expatriés du collège français de Tokyo qui leur fournissaient des détails sur la vie des écoliers japonais, les différences d'uniforme selon les écoles, le rapport aux animaux, à la religion.

Alors évidemment, un peu rude de revenir ensuite au collège le lundi matin et de se taper des sujets comme *Le moment que j'ai préféré lors des dernières vacances de Pâques.* Ça fait toujours bizarre aux enfants qui sont déjà rédacteurs en chef, éditeurs, ou auteurs lus dans une vingtaine de pays. Il y a un moment de réadaptation un peu coton, quand les enfants réalisent que les rédacs seront lues par une seule enseignante, alors que durant le week-end ils ont reçu une douzaine de commentaires, et que la prof ciblera plus ses reviews sur des trucs du style place des virgules, que sur la construction scénaristique. Plusieurs filles trouvaient la parade en glissant une fic dans leur cahier pour y travailler pendant les cours, d'autres discutaient des textes à la pause-déjeuner. Nadia se taillait une réputation de clown, parce qu'avec son hijab plus ses lunettes qui lui donnaient l'air sérieux, elle déjouait la surveillance et s'infiltrait jusqu'aux ordinateurs du collège. Au bout d'un moment, les documentalistes la chassaient au motif qu'elle perdait son temps, mais elle trouvait des stratégies pour revenir. Elle n'allait quand même pas attendre la fin des cours pour se remettre à l'écriture.

Les professeurs n'y voyaient que du feu. Les collégiennes avaient du cœur, faisaient leur possible pour les ménager. Passé le coup de déprime du lundi matin, Batoule, Nadia et les autres filles sortaient une feuille double petit format grands carreaux et un stylo plume à encre bleue, et elles racontaient un souvenir des vacances de Pâques en faisant plein de fautes, elles racontaient une visite chez leur grand-mère, une sortie à la piscine, la chasse aux œufs de Pâques. Elles faisaient fonctionner la mise en scène de l'école, respectaient l'autorité des professeurs ; elles ne voulaient pas les blesser en leur montrant que le monde avait changé, qu'un univers bis existait au-delà de celui qu'ils voyaient. Au final, il y avait un petit côté théâtre à l'ancienne pas déplaisant à activer, comme quand Catherine II visitait des villages de Russie et qu'on déplaçait fissa les trois mêmes vaches bien grasses partout où elle passait ; ou quand Hosni Moubarak descendait faire un tour au Caire et que sous prétexte de sécuriser le périmètre on le faisait patienter pendant qu'on badigeonnait à toute allure les façades, coupait tous les câbles non enterrés et récurait le quartier avant son arrivée, si bien que Moubarak était le seul au monde à se représenter Le Caire comme une ville ultraclean sans câbles Internet qui pendent.

Bien sûr, dans la cour, les filles se lâchaient un peu, ça les défoulait. Un jour, à l'interclasse, Nadia les fit rire avec la plaisanterie de Henry Jenkins, longtemps spécialiste des fanfics au Massachusetts Institute of Technology, quand il dit que si l'école enseignait l'éducation sexuelle comme elle enseigne la littérature, la race humaine serait éteinte en une génération.

Au fronton de la page d'accueil du site, Batoule avait d'ailleurs copié en lettres dorées sur fond bleu la jolie phrase de Henry Jenkins resituant leur activité de grandes filles dans le contexte global : « Les fanfictions sont notre manière de nous réapproprier notre destin dans un monde où les grands groupes mettent tout en œuvre pour voler nos mythes et raconter à notre place l'histoire de notre vie. »

Rythme cardiaque du nénuphar au petit matin

Voilà en effet ce qui s'était passé côté grands groupes. À un moment donné, les entreprises s'étaient aperçues qu'elles étaient devenues si vastes, internationales, compliquées, que les anciens moyens de communication ne fonctionnaient plus. Donc, dans un premier temps, grosse panique : les dirigeants ne réussissaient plus à se faire comprendre de leurs salariés. Ils envoyaient des messages au personnel, et voyaient ces messages s'entasser devant des salariés azimutés, hébétés, incapables de les assimiler. On faisait passer des notes de service, les salariés lisaient sans comprendre ; on les bombardait d'emails, ils étaient aussitôt asphyxiés ; on leur projetait des diaporamas pleins de couleurs, ils s'endormaient dans leurs fauteuils comme des soldats en Afghanistan, et tout était à l'avenant. Les dirigeants découvrirent alors que le rationnel ne pouvait plus fonctionner comme autrefois, l'entreprise revêtait trop de dimensions, il aurait fallu des Kant aux deux bouts de la chaîne, et ce n'était pas le cas. Or ils eurent bientôt l'heureuse surprise de tomber sur ce miracle simplissime : s'ils racontaient une histoire aux salariés au lieu de leur faire passer une check-list, ils pouvaient voir leurs esprits s'ouvrir comme des nénuphars au petit matin, devenir disponibles, frais et détendus, et intégrer des notions ardues comme si elles étaient simples. De là ce nouveau mode de management, qui fonctionne aussi en externe pour le marketing, consistant à raconter des histoires.

Plusieurs personnages revendiquent l'invention du story-telling. Peu importe le pedigree ; en substance ça se passe toujours à peu près de la même manière. Un jour, à l'aéroport de Washington, un avion a un retard important. Mettons par exemple qu'il s'agisse de l'avion pour Amsterdam. Les passagers, parmi lesquels beaucoup d'hommes d'affaires, s'impatientent. À un moment, un homme, William Farrell, guidé par une illumination, commence à raconter son enfance : dans la salle d'attente de l'aéroport, il se met à parler de sa famille qui vivait à La Nouvelle-Orléans, de son père pianiste de bar, etc. Pendant l'histoire de William Farrell, un calme profond s'installe dans la salle d'embarquement, les passagers en souffrance cessent de regarder l'heure, cœurs et esprits s'ouvrent comme des nénuphars au petit matin. Le rythme cardiaque se ralentit jusqu'à devenir le même que lorsqu'on regarde une série TV. D'autres passagers enchaînent avec les récits fondateurs de leur propre vie, toutes ces histoires formant peu à peu un belvédère sur les valeurs de l'Amérique. Ils ne voient pas le temps passer tant leurs capacités de création narrative sont mobilisées. Trois drogués qui partent faire des courses à Amsterdam sont particulièrement inventifs, avec en plus un temps de réaction très bref grâce à la cocaïne. Tous seront ébahis, vers dix-huit heures, quand on annoncera que l'avion est prêt et qu'ils peuvent embarquer : «Ah bon ? Quoi ? Ah bon, déjà ?» L'anecdote fera son chemin dans la tête de William Farrell.

Une journée en Europe avec un gourou du storytelling (en réalité une demi-journée, les gourous du storytelling sont hors de prix)

Un jour, William Farrell, devenu gourou du storytelling, fait une tournée dans des firmes européennes curieuses de ce nouveau mode de management qui a conquis l'Amérique où l'on ne jure plus que par les conteurs, griots, cours de creative writting et festivals de narration. Ce jour-là, vers neuf heures, William Farrell grogne et fait des bruits de bouche devant la porte d'un amphi au siège social d'un groupe pharmaceutique en périphérie de Toulouse, pendant que les cadres sélectionnés pour le séminaire montent s'installer dans les gradins. Résignés à perdre la matinée en discours inutiles, ils déplient lentement les tablettes, sortent lentement leurs crayons. Aucun ne prend le management au sérieux. François, un ingénieur chimiste, a ricané en apprenant qu'il était obligé d'assister à ce truc au lieu de travailler à ses piles de dossiers en cours. Pour lui et ses collaborateurs, le management est juste du bon sens, souvent conservé en l'état, ou alors systématisé jusqu'à l'absurdité. Après cette session de storytelling, François cessera de ricaner : la matinée suffira à le rendre malade et à faire naître en lui les signes avant-coureurs d'une dépression.

Un quart d'heure plus tard, les stagiaires n'ayant toujours pas fini de s'installer, William Farrell arpente de long en large la scène de l'amphi en produisant ses raclements de gorge et ses bruits de bouche, comme certains fous dont les phrases sont trouées d'insultes et d'obscénités, ces gens habités par un érotomane furieux. À ce moment-là, Farrell paraît encore inoffensif, ses bruits ne sont pas adressés ; il éructe pour lui-même. Mais sitôt son auditoire prêt à l'écouter, le gourou ordonne à tous de ranger leurs affaires, de replier les tablettes, de quitter l'amphi et de se rendre dans une autre salle où il a disposé au préalable de petites tables en marbre comme dans un café. Tout le monde s'installe à nouveau, beaucoup plus vite que la première fois. La surprise brutale du changement de salle est une leçon qui fait partie de son enseignement. Entre ces petites tables, il slalome en vociférant à la manière des prédicateurs bibliques grimpés sur le toit d'une voiture : «On ne met plus les gens dans un amphi, on arrête avec les présentations PowerPoint. Terminées ces méthodes balourdes, vous m'entendez?» Plus jamais de tableaux, de colonnes, de chiffres, plus jamais de données. Maintenant on va se raconter des histoires. On s'installe comme au cabaret et on échange des anecdotes, voilà la seule recette de management. Et disant cela, William Farrell grimace, se déplace au ralenti, ou trop vite, prend appui sur les tables de bistrot et approche son visage tout près des visages de ses auditeurs.

Supposons que des histoires négatives se mettent à circuler sur l'exploitation d'une main-d'œuvre enfantine par l'entre- prise Nike, il sera bien évidemment trop long de se justifier au moyen d'arguments rationnels. Il faut redresser très vite la barre, pour que le public continue d'aimer les Nike. À une histoire négative on répond par une histoire positive. «Terminées les idées, crie William Farrell en fixant droit dans les yeux une contrôleuse de gestion qui rougit et se met à hocher la tête nerveusement. À partir de maintenant, on prend du bon temps, on va se raconter des histoires. Inutile de devenir aussi rouge, nous laisserons la porte ouverte, ha ha. Je te montrerai, tu verras, que les histoires pénètrent dans les têtes comme dans du beurre, les histoires combinent des trucs compliqués et pourtant ça a l'air simple. On n'a jamais rien trouvé de plus opérant.» William Farrell, ayant laissé la jeune femme et changé de table, hurlera ensuite devant François l'ingénieur chimiste qui, sous son emprise, ne parvient pas à faire face aux grimaces. Après deux phrases, il sentira qu'un mur lâche dans sa poitrine;

il s'effondre intérieurement. « Les histoires s'infiltrent dans les cerveaux, s'y installent sans problème, aucun effort à fournir. » William Farrell trépigne devant François comme s'il lui donnait un ordre. François comprend qu'il est en train de vivre une crise grave, non pas à cause de ce que dit le gourou, mais parce que, sous le regard insistant de ce malade mental, son espace intérieur se désagrège. Il a des monticules intérieurs qui tombent en avalanche. La présence de ses collègues amplifie la catastrophe et accélère sa dépression, comme un château qui pourrait s'écrouler silencieusement dans la nuit, mais qui s'écroule à midi devant des foules d'habitants filmant avec leurs mobiles.

Fuyant les témoins, François s'éclipsera du séminaire et se réfugiera dans son bureau. Après quelques minutes d'effondrement solitaire devant son ordinateur éteint, il s'aperçoit qu'une secrétaire est là, assise à son bureau. Il pensait être seul, il est à moitié affaissé de l'intérieur, avec l'impression que ça crée une difformité visible comme lorsqu'on se fait enlever un gros organe lors d'une opération chirurgicale. « En résumé, dit François à la jeune femme pour garder contenance, une contenance sarcastique mais il n'est pas en mesure de choisir la contenance qu'il prend, voilà la grande découverte : nous venons d'apprendre que nous devons copier les modèles universels des commères sur les marchés et des granges où les anciens se réunis-saient à la veillée pour se raconter des histoires. – Ça paraît sympathique», dit la secrétaire qui ne perçoit pas le sarcasme ; on voit qu'elle n'a pas assisté au séminaire. Pour finir, François vomit dans la corbeille à papiers de la jeune femme, il aura du mal à se pardonner cela aussi.

Le concert de Batoule

Bien souvent, les concerts de musique classique sont des endroits où l'on se rend en toute sérénité, car on sait qu'on pourra s'y reposer. Certes la musique nous envahit, puis commence à nouer et dénouer les brins dissimulés à l'intérieur de notre organisme, ok parfois dans des zones où nous ignorions que nous avions des brins ; c'est stimulant, c'est délicieux, mais il ne faut pas exagérer, la prise de risque est limitée. Qui plus est, on est rassuré par la présence des vieilles dames et des cadres supérieurs. Or, ce dimanche-là, le concert auquel participent Batoule, son violoncelle, Nadia et son hautbois, sera un concert irritant, rappel discret des temps sulfureux où le public criait en se bouchant les oreilles, où la note *si* était interdite, où on avait les cheveux qui se dressaient sur la tête en apercevant les Beatles.

Le chef d'orchestre est un jeune homme ambitieux. S'il a monté cet orchestre dédié au répertoire romantique, s'il a recruté autant de musiciens, des étudiants harpistes, des collégiennes violoncellistes ou hautboïstes comme Batoule et Nadia, des pharmaciennes contrebassistes, des agents des télécoms violonistes ou flûtistes, tous ceux qu'il a pu trouver, c'est pour entendre les harmonies et la volupté râpeuse du répertoire romantique, pour jouir des harmonies dans leur précision. Simplement, il a surestimé le niveau technique des musiciens bénévoles. Le jour du concert, il fera monter la pression et créera durant son set un état d'angoisse devenu rarissime dans les concerts classiques. Dès que la justesse devient approximative, dès que le tempo ralentit ou que les voix sont décalées, le chef fait de ses deux mains un geste net horizontal pour arrêter le morceau et le reprendre à zéro. Pour les spectateurs, parents et amis des musiciens, la situation est inconfortable au possible. Après deux ou trois interruptions, au lieu d'écouter la musique, ils ne regardent plus que les mains du chef, ils se concentrent sur ces mains pour qu'elles ne fassent plus le geste horizontal, ils pratiquent la télépathie avec ces deux oiseaux. Tout ce qu'ils souhaitent, c'est que les morceaux se terminent. Les spectateurs, espérant par-dessus tout que leurs parents et amis instrumentistes réussissent les appoggiatures et les mesures virtuoses, encouragent intérieurement ces parents et amis à être bons, à être meilleurs qu'ils ne sont en réalité, ce qui n'est pas sain non plus, le premier psychologue venu pourrait le dire.

La colère retombe rarement sur qui elle devrait

Parmi les spectateurs, une femme est particulièrement affectée par ce concert en pointillés. Dans la seconde partie du concert, elle broiera du noir et deviendra injuste. Elle rassemblera son amertume sur Batoule qui pourtant se concentre et réalise aussi bien que possible sa suite de coups d'archet. C'est fréquent avec la colère, il est rare qu'on puisse se venger sur la bonne personne. La colère retombe en général un peu au hasard sur quelqu'un qui n'a rien à voir dans l'histoire, l'enfant le plus proche, la femme de ménage, les Maliens qui appellent des call centres de Bamako en masquant leur accent pour faire croire qu'ils sont à Clichy, et qui font office de paratonnerre pour les colères en cours sur les territoires français, belge ou suisse. Le voile de Batoule et celui de la petite Nadia au pupitre de hautbois, mais quand même surtout cette jeune violoncelliste avec ses coups d'archet sages et mastoura, finiront par cristalliser la colère de la spectatrice qui voit défiler dans sa tête les frasques de sa jeunesse féministe, lorsqu'en 1969 elle ruinait méticuleusement son éducation bourgeoise en se promenant par provocation nue dans Paris, le visage maquillé à la va-vite avec du rouge à lèvres volé au Prisunic. Le hijab la révolte, elle ne peut admettre cette mentalité arriérée, les parents qui soumettent leurs filles à ce traitement. Et par-dessus le marché, la symphonie de Berlioz vient encore de s'arrêter.

« La violoncelliste s'appelle Batoule, lui ai-je dit. En réalité, ai-je ajouté pour l'apaiser, je connais sa mère : je peux vous assurer que l'idée du hijab ne vient pas de ses parents ; ils lui reprochent même de se mettre des bâtons dans les roues.

On ne doit pas confondre, attention, le voile de Batoule n'est ni le voile traditionnel des femmes musulmanes arrivées en France, ni le voile temporaire que les filles acceptaient de porter dans les années 90 pour négocier avec leurs parents des sorties hors du contexte familial. Le voile de Batoule est le voile nouveau des années 2000, voile librement choisi par Batoule, jeune musulmane française cultivée qui souhaite un jour se marier sans nécessairement rester à la maison pour élever les enfants. Batoule veut faire médecine en hijab, elle postulera plus tard pour une bourse Erasmus. Le hijab de Batoule n'indique pas la soumission à un futur mari, il met Batoule en rapport direct avec Dieu, ce qui angoisse les garçons. Ses parents essaient de la dissuader de se créer des ennuis. Ils craignent que le voile lui nuise et préfèrent qu'elle se fonde dans la société française, puisque eux-mêmes, leurs frères et sœurs, leurs cousins, ont entamé ce processus et l'ont réussi.

– Oui enfin, à quelques détails près », m'a dit la dame.

L'homme qui disait toujours *C'est joyeux*

On se baladait nues
dans les rues de
Paris.

C'est joyeux.

Voile de Batoule

À la sortie du concert, j'ai croisé Batoule et Nadia dans le hall et leur ai proposé de les raccompagner en voiture. Batoule, assise à côté de moi dans la voiture, était comme toujours superbe, discrètement autoritaire. Je lui ai dit que son voile alternant bandes noires et bordeaux était joli. « Si tu savais, a-t-elle répondu, comme j'ai hâte de me marier. Ma mère tolère à peine que je me voile. Elle ne porte qu'un voile minuscule pour rassurer les voisins, son voile n'est pas sincère. Quand je serai mariée, je serai vraiment chez moi et je me voilerai comme je veux. » Sur son site, Batoule encourageait ses amies qui toutes rencontraient les mêmes obstacles : « Salam alaykum, mes sœurs, écrivait-elle, inch'Allah les nuages gris disparaîtront du ciel, il faut poursuivre le combat, nous devons insister avec calme et fermeté, si nous voulons nous préserver du monde extérieur bestial, transmettre une bonne éducation à nos enfants, sans strings ni piercings à l'adolescence, sans langage farfelu et sans tenter les violeurs. Inch'Allah le voile sera bientôt mieux admis, nos parents finiront bien par nous donner raison. »

« Par exemple, m'a dit Batoule tandis que je pilais au feu orange, tu vois les tableaux du peintre Jérôme Bosch. – Oui, je vois, ai-je dit, quel rapport ? – Eh bien, a dit Batoule, on les trouve aujourd'hui drôles, attachants, débordant d'une fantaisie débridée, mais à l'époque, les gens les regardaient comme des visions épouvantables. Ils y voyaient un univers de cauchemar, où chaque chose risquait de se transformer en autre chose. Donc la situation peut évoluer. Il faut arrêter avec la violence, la terreur et tout le bla-bla… Vous connaissez ma devise, les filles, a conclu Batoule : *Une cascade de glace ne peut constituer un mur infranchissable.* Il y a des blessés dans les glaciers, mais il y a la force de nos bras, la solidité de nos idées, la beauté du blanc illuminant la haute montagne. – Tu as peut-être raison, lui ai-je dit, merci pour tes paroles. Simplement je pense qu'un jour notre cinéphilie aura à en souffrir. »

Voile de Batoule

Rire & religieux

«Attention!», a crié Nadia, alors que j'appuyais subitement sur l'accélérateur et manquai monter sur un trottoir. Elle avait raison, je conduisais n'importe comment, un court-circuit avait lieu dans ma pensée. Je m'engageai beaucoup trop vite dans un rond-point; nous entendions le violoncelle sauter dans le coffre. «Oup là, désolée pour le violoncelle», ai-je dit à Batoule. Le cinéma s'est souvent attaché aux questions religieuses, beaucoup de films ont traité des dogmes de la religion catholique, des hérésies, de l'hypocrisie de la foi, du mysticisme habitant tel ou tel personnage, voilà ce que j'étais en train de réaliser. Je réalisais que beaucoup de films ont pris ce thème à bras-le-corps et l'ont abordé avec le sérieux et la complexité qu'il exige; mais qu'il n'y a rien à faire, aussitôt que deux religieuses se trouvent en même temps dans une voiture, on est sûr d'être dans un film comique. On n'y peut rien, c'est comme ça: ainsi avons-nous été conditionnés dès l'enfance.

Pour me justifier, à défaut de me faire pardonner, j'ai récité à Nadia et Batoule les synopsis de trois ou quatre films avec Louis de Funès que la France s'était mise à regarder et à adorer dans les années 60-70. Ces films fonctionnaient avec deux ressorts comiques : premièrement de Funès, bon, il était mal aimé de la critique à l'époque, mais à présent beaucoup de cinéphiles s'accordent à reconnaître l'importance de son talent, etc. ; deuxièmement, des nonnes en cornette qui chantent des cantiques et conduisent des 2CV. L'effet comique venait de ce que les religieuses agissaient seules ou en groupe comme des castors débrouillards mais humains trop humains. C'était drôle parce qu'avec leurs visages sexy et leurs grandes robes ascétiques rappelant la présence divine, elles conduisaient une voiture. Les niveaux se mélangeaient, on passait d'humain à animal et à divin sans transition. Elles fonçaient accélérateur au plancher, l'accident était toujours imminent, elles avaient eu leur permis de conduire la veille seulement, etc. et la France entière se tordait de rire devant cet humour. Et si les gens hurlaient ainsi de rire, c'est parce qu'ils avaient longtemps souffert du pouvoir et de l'autorité de l'Église qui étaient en train de s'effacer grâce au rire, grâce à la 2CV et aux cornettes ridicules.

« Or, que se passa-t-il, il y a vingt-six ans, un soir de l'été 1984 ? ai-je dit, reprenant de la vitesse. – Aucune idée, a dit Nadia – Eh bien, il y a vingt-six ans, un soir d'été, les fenêtres sont ouvertes pour laisser entrer la fraîcheur de la nuit, les gens s'assoient dans les canapés. Dans les campings aussi, les gens accrochent la moustiquaire et s'assoient devant la télé. C'est l'heure de la fiction de début de soirée. Par habitude, la télévision a programmé un de ces films avec des religieuses qui nous amusent tant. Or malgré les fenêtres ouvertes, au lieu d'entendre des hurlements de rires éclatant sur le territoire, on n'entendit rien d'autre que le silence au-dessus de nos villes et de nos campagnes : le comique de voile avait cessé de nous faire rire. Nous étions guéris, nous étions libres, l'autorité de l'Église n'avait plus de prise sur nous, nous buvions nos bières laïques sur nos terrasses de rurbains en pensant : "Enfin, plus jamais ça." Tandis qu'en Italie par exemple ça ricanait encore nerveusement. – Et Louis de Funès ne vous faisait plus rire non plus ? m'a demandé Batoule. – Eh non, ma puce, idem, Louis de Funès non plus nous faisait plus rire. On était complètement guéris. »

« Je ne sais pas, ai-je dit à Batoule et Nadia, mais s'il se trouvait qu'un jour vous n'ayez plus envie de ces voiles, que vous soyez lassées ou autre, nous aurions déjà cette méthode à notre disposition pour les effacer. Peut-être nous faudra-t-il un jour repasser par ce genre de comique. Et j'aimerais vous dire, les filles, que quoi qu'il nous en coûte, nous serons avec vous. Notre cinéphilie en souffrira, certes, ce sera un mauvais moment à passer, mais nous serons là, vous pouvez compter sur nous, nous rirons avec vous, nous visionnerons avec vous tous les films qu'il faudra les uns après les autres, jusqu'à ce que les voiles s'effacent. – Écoute, on verra, a dit Nadia, merci pour ta proposition, mais je suis convaincue que ce sera inutile. – Arrête de plaisanter », m'a dit Batoule.

Quelques scénarios comiques avec des nonnes

Puis, à la fin de sa vie, Louis de Funès connut une grande période de ferveur religieuse. Il communiait, il priait, etc.

Le scénario de l'histoire incompréhensible

Un jour, le groupe pharmaceutique où François était chimiste raconta une histoire : il raconta qu'il publiait des bénéfices records. La semaine suivante, il raconta qu'il licenciait 10 % de ses effectifs. La plupart des observateurs trouvèrent que ce n'était pas une bonne histoire. Le scénario n'était pas bon, c'était cynique et incompréhensible. Une histoire aussi mal ficelée ne marcherait jamais.

Pourquoi ne comprenaient-ils pas ? Simplement parce qu'on ne les avait pas sonnés, cette histoire ne s'adressait pas à eux. L'histoire, qui n'était pas incompréhensible pour tout le monde, s'adressait aux actionnaires, aux banques, fonds de pension et compagnies d'assurances. Eux la comprirent très bien et l'apprécièrent beaucoup. L'histoire signifiait que malgré la crise économique et financière, l'entreprise ne céderait pas aux demandes appuyées de patriotisme économique ; les actionnaires appréciaient aussi que le staff soit en mouvement, que les employés soient beaux, pas cinquantenaires. Les gens écoutent trop souvent des histoires qui ne leur sont pas destinées, des histoires qu'ils ne comprennent pas. Et lorsqu'ils ne comprennent pas les histoires, les gens s'effondrent, développent des maladies et font des dépressions.

La dépression est un truc génial, mais bon dans l'ensemble c'est quand même embêtant

Après la visite du gourou du storytelling au siège social du groupe pharmaceutique, François, l'ingénieur chimiste qui a vomi dans la corbeille à papiers de la secrétaire, fera une dépression. Yves, son ami, aurait à mille reprises l'occasion de se vexer, de souhaiter leur séparation, tant François devient alors morne et indifférent à leur vie de couple. Mais Yves ne se vexe pas. En effet, psychiatre lui-même, il côtoie des dépressifs sans arrêt dans son boulot : il sait à quel point la dépression est une chance. Yves a appris, au fil des ans, à focaliser son attention sur les bénéfices qu'on va tirer de la maladie, et qui n'apparaissent pas d'emblée lorsqu'on voit ce tableau horrible. « Vous avez une idée trop négative de la dépression, explique-t-il aux familles des patients lorsqu'il les croise pâles et décomposés dans la salle d'attente ou les couloirs de l'hôpital psychiatrique, séchez-moi vite ces larmes et considérez la dépression de votre femme comme une grande chance. »

« Bien sûr, dit-il toujours à ces gens épuisés d'inquiétude, il y a cet aspect peu engageant du dépressif : votre père, votre sœur, votre enfant a les cheveux en bataille, mal peignés, ah, pas peignés du tout ? ok, pas peignés du tout. Il a cet air bougon. Bien sûr, le dépressif est celui qui marche seul : s'il participe à une randonnée, vous le reconnaîtrez de loin car il marche plus lentement que les autres, quelques pas derrière le groupe de randonneurs ; bien sûr, il y a ces rendez-vous où le dépressif ne vient pas ; bien sûr, si votre femme dépressive se met en tête de vous suspendre un hamac entre deux troncs d'arbres, attention à votre dos, car tout va s'effondrer à la première utilisation ; et on doit encore passer sur cette lenteur extrême, cette lenteur inquiétante qui à bien des égards rappelle la mort. Il faut savoir que la cuisine du dépressif est l'une des pires qui soient avec celle des Inuits quand ils commencèrent à vivre en ville dans des appartements. Même la recette du porridge, recette la plus sommaire, votre fils dépressif est encore capable de la rater. Votre fils n'a aucun intérêt à ce qu'on s'invite à manger chez lui : il ne veut pas qu'on compte sur lui, il n'est là pour personne.

Il faudra être infiniment patient, explique Yves aux familles inquiètes qui regardent le soleil se coucher par la fenêtre de l'hôpital psychiatrique. Il faut attendre, et vous souvenir que derrière la triste vitrine du porridge raté, bien à l'abri derrière l'immangeable, votre amant refait ses forces pour l'avenir, un espoir frais et vivace est en train de remettre ses affaires en ordre et pousse comme une fleur énorme et merveilleuse.» Puis il leur parle de coccinelles, et chacun oublie son chagrin dans la pensée de ces créatures adorables. «Une coccinelle, dit Yves, dès qu'elle se sent en danger, se recroqueville sur elle-même, ferme les yeux très fort, ne répond plus. Si un ennemi la pousse avec une brindille verte, elle reste silencieuse. Elle bascule sur son petit dos arrondi, son petit dos rouge à pois ; elle tient bon ; elle fait croire qu'elle est morte. On dirait un petit roc congelé, un petit rocher mort de coccinelle. C'est angoissant, mais là-dessous, en secret, tout son être se repose. Elle est bien au calme. Son être intérieur se reconstitue. Elle fabrique à l'intérieur d'elle-même une fleur énorme et magnifique en prévision de l'avenir. Votre amant est une coccinelle, leur dit-il, votre amant est en train de faire le mort comme une coccinelle agressée, comme un soldat blessé sur le champ de bataille qui ferme les yeux et ne bouge plus, se repose et se reconstitue intérieurement en attendant que l'ennemi abandonne le secteur. Il faut savoir qu'en dessous, dans des zones profondes et invisibles, quelqu'un comme François qui n'a pas supporté le gourou du storytelling, puis a été licencié de manière abusive pour raisons personnelles, est en train de se reconstituer, et de s'améliorer. Il retrouve au fond de lui la séparation mère-enfant ratée, mal cicatrisée, alors qu'il était nourrisson. Il prend enfin le temps nécessaire pour rebattre ses cartes et refaire les opérations mentales mal réalisées dans la prime enfance. Et comment vous occuper correctement de ça tant que vous êtes cadre à plein-temps dans l'industrie ?»

Fanfiction

Un matin où par la fenêtre on entendait quelqu'un jouer au piano la musique du *Titanic*, je lisais des pokefictions publiées sur un site par une douzaine de collégiens. Les fictions, qui mettaient en scène des Pokemon et leurs dresseurs, étaient bancales et mal ficelées, mais les membres du site ne se décourageaient pas. Alors que le pianiste qui jouait la musique du *Titanic* s'était découragé presque aussitôt, avait stoppé le morceau après quelques mesures, abandonnant le quartier au silence, les apprentis écrivains étaient persévérants. Malgré les difficultés, ils avaient bon espoir de progresser grâce aux critiques mutuelles. Après lecture de quatre ou cinq épisodes infinis et laborieux, désirant me distraire en papillonnant sur le site, j'ai regardé des messages signés Pokécochonne. L'un avait pour titre : *Mon image pref je me suis doigté plein de fois desu*. Il s'agissait de dessins de manga porno accompagnés d'une légende. L'image préférée de Pokécochonne était un dessin zoophile représentant un jeune dompteur de Pokemon avec un cheval. Je ne comprenais pas, c'était incroyable, des images aussi crues sur un site fréquenté par des enfants. Mais aucun des participants ne s'en formalisait, ni ne s'y intéressait. Chacun s'appliquait sans sourciller à rédiger sa fiction et continuait d'écrire avec ferveur.

L'histoire de la note *si* bémol

Fabfan 20.03.10   10:48:41
Salut, j'aimerais juste savoir où se trouve la note si bémol
sur un piano, pour jouer la musique du Titanic.

Tonton2 20.03.10   11:06:27
Entre le la et le si. ☺
Plus simple : Tu vois sur un piano des groupes de touches
noires par 2 ou par 3. Le si bémol est la troisième dans le
groupe des trois.

Fabfan 20.03.10   11:30:01
Merci je vais pouvoir continuer à jouer ☺
Je te mettrais bien en « résolu » mais je sais pas comment
on fait.

L'histoire de la note *si*

Cette histoire de *si* bémol me fait penser à l'histoire de la
note *si*. Je ne suis pas musicologue, mais j'aime l'histoire
de la note *si* : toute petite note pouvant causer de grands
ravages. Il paraît que longtemps on refusa la présence de
la note *si* parmi les notes de la gamme : le risque était trop
grand. Il paraît que Platon était très ferme sur le sujet : pas
de *si* dans la République. Non qu'on ignorât l'existence
de la note *si* : musiciens, physiciens et mathématiciens la
connaissaient ; simplement ils se méfiaient d'elle, ils ne

voulaient pas d'une gamme dans laquelle on aurait à passer par le *si*. La note *si* appartenait au mode lydien, l'ancêtre de la gamme de *do*, dont Platon rappelait qu'il ne convenait pas aux honnêtes. Écoutant un morceau joué dans ce mode, on se sentira animé, piquant, triste, blessé ; on éprouvera profondément le pathétique de la condition humaine ; on s'ouvrira à la mollesse. Or, disait Platon, les gardiens de la République ont tant de tâche à abattre qu'ils doivent rester toujours vigilants, vigoureux et sains, et qu'il n'y a pas de place en eux pour l'ivresse ou l'indolence. Dans ce mode lydien, le *si* implique l'intervalle *fa-si*, mélange trouble d'attraction et de répulsion, irrésolution qui appelle une détente. Avec le *si*, qu'on nomme sensible, c'est tout un déséquilibre scandaleux, tout un mode de vie pervers, qui risque de s'insinuer dans la République. Il fallut attendre le 16e siècle pour que la note *si* soit ajoutée à la gamme de *do*, et qu'on veuille bien accueillir la dimension mélancolique de deuil qui s'y rattache, et qui peut-être explique encore aujourd'hui le ramollissement de nos soldats, la langueur et le regard trouble de nos défenseurs de la République.

Consolée par une modératrice

Un soir, après avoir lu sur un site une histoire d'amour entre Buffy et Harry Potter, une scène gore avec le Seigneur des anneaux, une scène porno entre la Belle et un vampire, une scène de thriller chez les Pokemon, une histoire d'amour déçu avec Naruto, une histoire d'amitié et de compétition entre deux dresseurs de Pokemon juste après une explosion atomique, je me suis sentie un peu fatiguée.

Histoires, histoires, histoires, pour finir, les histoires, leur profusion, leur succès me troublaient. Bien sûr, nous adorons les histoires, les séries TV, nous adorons écouter les anecdotes des voisines et leur raconter les nôtres ; néanmoins le consensus entre gourous du storytelling et adolescentes sur la recherche des bonnes histoires m'inquiétait. Je me questionnais : nos formes de poésie actuelles, nos classements du monde, alambiqués mais somme toute rassurants, nos agencements, nos conférences PowerPoint sont-ils encore légitimes ? Je commençais à douter de mes méthodes tenant soigneusement les fictions au second plan, les subordonnant aux réflexions ; mais d'un autre côté l'infinité des histoires possibles, l'infinité des événements non classés, m'angoissait. Comme si le monde n'était pas déjà une pagaille irréversible suffisamment innommable. En quête de réconfort, j'ai posté un message aux filles du site sur lequel je venais de passer la soirée : « Ne pensez-vous pas qu'il faut arrêter de rajouter du fictif, des couches de fake masquant le réel ? Ne croyez-vous pas qu'il serait temps de mettre de l'ordre ? De ranger un peu ? » Belle_de_nuit, la modératrice, m'a aussitôt répondu pour me rassurer : « Naturellement, Emmanuelle, nous rangeons au fur et à mesure. Je t'envoie les catégories dans lesquelles tu pourras classer tes fics avant de nous les envoyer. Fais bien attention aux limites d'âge, importantes pour préserver les plus jeunes lecteurs. PS : Sympa, juste un prénom comme pseudo. En plus, l'ambiguïté est astucieuse, on se demande si tu penches côté films X ou Sœur Emmanuelle. Hâte de lire tes fics. » Je dois dire que le classement envoyé par Belle_de_nuit était beau et sophistiqué. Les filles classent les fictions dans des quantités de catégories, si subtiles que la distribution roman / poésie / théâtre évoque par contraste un épais sabot mal taillé : OS, Parodie, Mystery, Het, Next Gen, Yaoi, Yuri, Lime, Lemon, PWP, AU, XO, Self Insert, Portnawouak, Harlequin, Angst, Deathfic, Darkfic, Songfic… Lisant tous ces noms disparates et énigmatiques, on croit voir une série de boîtes en métal sur une étagère, on imagine leur mystérieux contenu. On a envie d'ouvrir les boîtes et d'en lire le contenu ; mais le mieux est de ne pas le faire, de rester au stade de l'envie et de ne pas passer au stade du vertige.

Un OS (One Shot) est une fiction courte en un seul cha-pitre. Un AU (Alternative Universe) place un personnage dans un univers qui n'est pas le sien, le change d'époque, de lieu ou de série. Un Yaoi met en scène une relation homosexuelle entre garçons, un Yuri entre filles. Un Angst fera peur car il montre le doute, parfois la torture, les souffrances du personnage. Le Next Gen mettra en scène les enfants de nos héros. Un Lime est plus Light qu'un Lemon, il reste suggestif quand le Lemon comporte une scène sexuelle explicite.

Conclusion, me suis-je dit rassérénée avant d'aller dormir : le classement est finalement plus plaisant, plus opératoire, plus excitant en lui-même que le long déroulement des histoires. Victoire de la taxinomie sur le récit. Victoire du concept et du PowerPoint sur le storytelling, la veillée dans l'étable, la machine à café et la place du marché.

PWP

Un jour, j'ai parlé à Batoule de mon étonnement quand j'avais trouvé sur un site de fanfictions Pokemon les posts porno de Pokécochonne représentant un adolescent dresseur de Pokemon avec un cheval. «Tu es sûre, m'a demandé Batoule, qu'il n'y avait pas d'histoire avec les images ?

— Non, ai-je dit, seulement l'action présentée toute brute.

— Dans ce cas, m'a expliqué Batoule, j'imagine qu'on peut appeler ça un PWP.

— C'est l'abréviation pour PoWerPoint ? ai-je demandé.

— Mais non, ma puce, aucun rapport avec le logiciel PowerPoint, m'a expliqué Batoule en riant. PWP signifie Porn without plot (Porno sans intrigue). On peut dire aussi Plot ? What plot ? (Intrigue ? Quelle intrigue ?), c'est-à-dire que le scénario est réduit au minimum, car son seul but est de mettre en scène un lemon. »

Même si c'était un dessin ?   Oui, à mon avis oui,   Ah, d'accord. Je comprends.
un dessin peut tout à
fait être un PWP.

COLLECTION DE BAISERS (7)

Chers Maoris de Nouvelle-Zélande,

nous devons vous dire que nous les Européens, nous avons depuis longtemps un rapport particulier, très fort, avec le baiser sur la bouche. Nous sommes bien conscients que pour d'autres peuples, cela pose un problème, nous savons qu'il y a des peuples pour qui nous ne devrions pas nous embrasser longtemps sur la bouche, en tout cas pas comme ça en pleine rue. Nous savons que cela peut nous coûter cher, comme aux deux touristes britanniques emprisonnés durant un mois pour s'être embrassés dans un restaurant huppé de Dubaï. « Il s'agit d'une pratique intime, nous reprochent certains, plus encore que l'acte de copuler, c'est pas possible, disent-ils, le baiser ne doit pas sortir de vos chambres à coucher ; ce n'est déjà pas génial en soi, mais alors là en public, c'est obscène. » Or nous, les Européens, ne sommes pas d'accord. Et d'une, contre tous les peuples qui s'embrassent peu, nous mettons le baiser sur la bouche au-dessus de tout. Nous ne concevons pas le monde sans le baiser ; là où il y a monde, il y aura baiser sur la bouche. Munis de cette douce certitude nous allons notre chemin. Et de deux, du coup nous oublions tout le temps que le baiser devrait se cacher derrière d'épais doubles rideaux, nous sommes comme ça, spontanés, nous adorons le baiser amoureux, le french kiss. Nous trouvons qu'il recèle une forme de gentillesse, et même la plus grande gentillesse inventée sur terre, même si nous sommes conscients qu'à la fin du 19e siècle nos baisers dégoûtèrent et effrayèrent les Chinois qui les associèrent au cannibalisme ; même si nous pouvons comprendre que pour certaines populations, le baiser risque de transmettre les saletés de salive à salive, et de nuire à l'âme qui réside dans la bouche.

Chers Maoris, rien à faire, nous sommes des convaincus. Il faut bien voir que le baiser agit sur nous, c'est fou, un baiser suffit à nous déposer en dehors du monde normal, dans un paysage puissant, archaïque, brillant, où le torrent de l'origine se remet à couler, un torrent énorme et mousseux. On est comme ça, on s'enfonce vers le fond à toute allure, les bras le long du corps, les cheveux qui flottent en haut ; nos pieds arrivent dans une mousse vert vif super-épaisse ; on passe à travers en se disant : « Ouah, c'est joli ce vert, lumineux malgré la profondeur. » Les souvenirs flous de notre petite bouche archaïque s'éveillent et entrent en résonance avec le paysage.

Voilà, chers Maoris, c'est notre histoire. En tant qu'amoureux du baiser, nous les Européens nous sommes tous des yria-yria, nous sommes malheureux si nous rencontrons un soir en boîte un keum qui nous plaît, mais que ce keum ne sait pas embrasser. Nous ne voulons pas le vexer en lui faisant une remarque ; nous voulons agir avec tact, et surtout pas comme la copine de Lina qui l'a dit à son copain, et résultat maintenant il est complexé.

Chers Maoris, tout ça peut sembler bizarre, pas complètement naturel. Il faut avouer que pendant des dizaines d'années, nous nous sommes inspirés des baisers de cinéma ; nous n'avons pas copié, ça non jamais, nous nous sommes inspirés. Bon, il y avait déjà le *Cantique des cantiques*, qui était une sacrée incitation pour tout ce qui est baiser dans la tradition judéo-chrétienne ; mais ce que nous avons beaucoup fait aussi, c'est que dès les années 30, 40, 50, nous avons regardé les films, nous avons pillé les films hollywoodiens en nous inspirant d'eux pour nos baisers, pour la façon de poser nos visages, nos mains sur le corps, en posant juste la paume avec le bout des doigts relevés… enfin là c'était plutôt les productions européennes des années 70, avec les bouts de doigts de Marlène Jobert, ceux de Mireille Darc, etc. On regardait des films, on calquait dessus les baisers de nos propres vies. Dans le rôle des stars, c'était nous à chaque fois.

Oui, ben ça va, les Maoris, inutile de sourire. Merci, nous savons très bien que le baiser à Hollywood était d'abord un business et qu'il fit la fortune des Warner et des Goldwyn fraîchement débarqués d'Europe encore mieux que les sketchs comiques et les films noirs. Il n'empêche que ça fonctionnait ; pendant des décennies personne n'avait trop envie de penser à ça, à l'industrie, tout le monde fut simplement inspiré. Il y avait une magie incroyable, une sorte de chamanisme. Absolument personne n'avait envie de penser qu'ils n'étaient pas deux, mais cinquante sur le plateau. Personne ne pensait que les deux visages étaient dans une position assez strange, plus ou moins de profil, parce que cadreurs et éclairagistes les plaçaient comme ça pour qu'on puisse bien voir les deux visages.

Le baiser de cinéma délivrait sa magie, on imitait. Puisque la construction de l'image à l'écran nécessitait qu'on s'embrasse de profil, on s'embrassait de profil. Puisque les caméras demandaient un puissant éclairage, on allumait un projecteur. Et puisque les ligues puritaines interdisaient la nudité, obligeant le cinéma à se concentrer sur le baiser, on se concentra sur le baiser, oubliant parfois de se déshabiller. Bon, disons jusqu'aux années 60, parce qu'ensuite, la nudité abondant dans les films, tout le monde n'eut de cesse de se déshabiller. On adorait reproduire le modèle, ok ok c'est vrai, parfois on copiait carrément, comme quand les enfants imitent avec leurs cubes en bois la photo de la boîte, hypnotisés par l'excitation de la simple copie.

Alors c'est sûr, à un moment ce côté grosse industrie, Majors, appât du gain, aurait pu nous gêner. Cela aurait pu finir par nous nuire, nous faire renoncer à nos chers baisers, or pas du tout. Il faut comprendre que nos baisers ne se laissent pas impressionner ; ils savent tirer la couverture à eux. Nos baisers se dirigent directement à travers nous vers nos scènes archaïques, notre faim et notre satiété, l'abandon et l'amour, la consolation amoureuse. Certes, en route ils croisent industrie, dollars et puritains. Mais le truc fabuleux, chers Maoris, c'est que notre amour ne se laisse pas réduire par l'industrie, ni les dollars, ni les puritains ; il prend appui dessus, suit l'itinéraire conseillé, puis ressort indemne, tout pur dans un pur soleil scintillant sur la neige. C'est cela qui est miraculeux, qui ne devrait pas marcher et qui marche. Voilà, maintenant vous en savez un peu plus sur nous et nos baisers en pleine rue, dans les gares, sur les bancs publics et devant les monuments du monde entier.

C'est pourquoi nous aimerions à présent faire une déclaration et vous demander, chers Maoris, vous qui êtes là depuis tout à l'heure assis sur une barrière et qui nous regardez avec un large sourire, de bien vouloir cesser d'éclater de rire dès que nous commençons à nous embrasser, parce que déjà c'est vexant, et que, en plus, ça nous déconcentre.

L'homme qui disait toujours *C'est joyeux*

C'est joyeux.

Arrête de dire tout le temps *C'est joyeux*. On dirait que tu vas mal, on dirait que tu vas faire une dépression.

COMMENT PLANTER SA FOURCHETTE ?

Il y avait une jeune femme qui avait de la chance car son mari était justement LE NOUVEAU MARI, le mari de l'avenir. En plus, c'était génial car cet homme s'intéressait à tout ce qui était vaisselle.

Avec :
Yannig
Doris
Famille Faesch
Sven Tikkanen
Martin
Béatrice Dalle
Groupes d'enfants
Personnel de l'usine

Fourchette n° 1

Un jour, il y avait une jeune femme dont le mari était extraordinaire. Cet homme composait un mélange insolite, car d'un côté, il était DJ, on ne peut imaginer profession plus sexy, et d'un autre côté il adorait tout ce qui est manières de table et lisait les livres de Nadine de Rothschild. Auparavant, il avait réchappé au management japonais. Il faut dire que le management japonais n'est pas fait pour nous peuples européens, il y a quelque chose là-dedans qui nous froisse, nous ne sommes pas réceptifs, ce genre de management nous déconcerte et finit par nous donner envie de mourir. Aussi ce mari s'était-il suicidé sur son lieu de travail. Sauvé in extremis par des collègues d'atelier alors qu'il gisait sans connaissance dans les vestiaires, il se rétablit en un temps record. C'était un spectacle unique de le voir déjà deux jours après son suicide planter des fleurs, écouter disque sur disque, faire du roller avec les enfants du voisinage. Puis il était devenu DJ et avait profité de la vague d'engouement des clubbers pour la DJ culture. Si, quelques années en arrière, le DJ était un garçon sous-payé qui ramassait les verres dans les boîtes de nuit, à présent il est le roi de la nuit, il peut gagner énormément ; aujourd'hui c'est lui bien souvent qui, à la place des rock stars, donnera son numéro de chambre aux groupies. Les clubbers le savent, un bon DJ peut agir sur eux comme un amant expérimenté. C'est ce qu'aimait Yannig. Il faisait monter la sauce tout au long de la nuit, variait les rythmes et les intensités, construisait ses sets d'une manière très charnelle. À un moment, Yannig commençait à passer une intro, on s'attendait à ce que la voix arrive, mais il tardait à envoyer la suite, il laissait juste le beat comme un compte à rebours, il faisait patienter les danseurs et jouait avec leurs nerfs. On s'attendait à ce que la voix arrive enfin, mais le compte à rebours continuait, les gens dansaient et criaient, et là, au lieu de la voix, il lançait la ligne de basse. C'était de la pure excitation, les gens devenaient dingues.

Yannig restait souvent tard au lit le matin. Comme John Lennon avec Yoko Ono, Yannig et son épouse Doris buvaient du thé brûlant au milieu de la nuit, lapant à petites gorgées dans le noir ; aussi le matin, ils prenaient leur temps, lui surtout. Mais Yannig avait une autre habitude que ses amis DJ n'intégraient pas et dont ils se moquaient. Lorsqu'ils sonnaient à la porte de Yannig en fin de matinée, ils le trouvaient paressant au lit avec un livre de Nadine de Rothschild. Yannig lisait longuement, sagement, il étudiait la bienséance ménagère, l'élégance et les manières de table. Il informait la petite femme d'intérieur, la micro-Nadine qui reposait en lui comme en chacun de nous, cette micro-Nadine à moitié dans les vapes mais qui ne demande qu'à être réveillée, remise sur pied, réactivée. « On est anti-Nadine dans l'âme bien sûr, disait Yannig, on déteste au plus haut point les protocoles, les bonnes manières, l'hypocrisie du bon goût, mais un beau jour, on s'aperçoit surpris qu'on recelait au fond de soi une petite Nadine endormie dans son anti-Nadine. » Et ses copains ricanaient assis au bout du lit, le casque sur les oreilles.

Secrètement, Yannig prenait des résolutions comme ne plus sortir le chien en pantoufles, repasser ses chemises et donner un tour respectable à ses invitations à dîner.

Il refusait ces tartes qui sautent de l'assiette, ces viandes servies du mauvais côté, ces bouteilles de mousseux trop secouées dont on asperge des invités terrorisés. Ses copains lui disaient : « Quoi ! Mais non, Yannig, arrête ! Pas les manières de table ! Ce truc pas possible, ces histoires d'argenterie, de Cristal d'Arques, de plats à poisson et de plans de table, ce casse-tête pour bourgeoises à talons plats ! » Mais Yannig ne se laissait pas distraire par les cris de ses potes, il reprenait son livre dès que tout le monde était parti, et étudiait la forme des verres, la manière de bien mener une conversation.

« Bon, se disait Yannig lorsqu'il se retrouvait seul, admettons qu'un soir Nadine invite des gens à dîner. Comment Nadine voit-elle ses invités ? Elle les sait traversés par des flux de désirs désordonnés. En vision-Nadine, enfants, adultes, tous les membres de la maison sont en premier lieu des flux de désirs désordonnés. Mais ce n'est pas grave, car Nadine sera toujours là pour régler le problème. La Nadine en nous est lucide, elle connaît la vie et la complexité féroce de la gourmandise ; elle a ses méthodes ancestrales pour orienter les flux. En fait, Nadine est comme nous, Nadine est un DJ ! se disait Yannig, sans bien sûr faire part de cette découverte à ses copains ; à ceci près que le DJ habituel prend le flux de désirs, le sort des invités et se met à créer quelque chose avec ce matériau, il le fait attendre, l'étire, le tord dans tous les sens, puis finit par lui donner ce qu'il désire. Alors que Nadine retient les flux de désirs pliés à l'intérieur des personnes, elle appuiera dessus de toutes ses forces, elle distribue les couvercles. Elle exerce une pression incroyable et plus rien ne sort.» Ainsi vagabondaient les pensées de Yannig lorsque ses amis repartaient, lui laissant des disques à écouter. Il y a un lien étroit entre les protocoles de table et les dancefloors.

«Même si on pense à ces danses jamaïquaines très hot comme le daggering où les danseurs simulent l'acte sexuel en pleine rue au milieu d'une foule de danseurs leur criant des encouragements? se demandait Yannig, désireux de tester son hypothèse en la frottant aux cas extrêmes. – Oui, se répondait-il, j'y vais sans doute un peu fort, c'est un cas limite, mais le daggering lui-même, aussi hot soit-il, me fait penser aux plans de table.» Ainsi vagabondaient les pensées de Yannig en secret car, il le savait, aucune des deux parties ne validerait jamais sa comparaison.

Fourchette nº 2

Il y a au Kunstmuseum de Bâle un tableau de Hans Hug Kluber datant de la fin des années 1550, époque charnière pour les manières de table. Ce tableau représente une famille prête à entamer son repas, la famille d'un orfèvre et maître de corporation, Hans Rudolf Faesch : cinq adultes à table, quatre serviteurs debout s'occupant du service, plus trois enfants dont l'un joue avec un chien. Douze personnages donc, et pas un ne sourit : adultes et enfants, maîtres et serviteurs, ont l'air non seulement sérieux, mais revêche.

Dans son *Arts et manières de table en Occident, des origines à nos jours*, Zeev Gourarier présente ce tableau en faisant remarquer qu'à la table de la famille Faesch, le service est médiéval : devant les convives, pas de fourchettes, mais des tranchoirs en bois uniquement accompagnés d'un couteau. Ils devront mettre les mains dans le plat. En cette année 1559, dit Zeev Gourarier, ancien directeur du musée de l'Homme – *musée de l'Homme, musée de l'Homme, musée de l'Homme*, comme susurrait mon ami Sven Tikkanen dans son micro Shure devant une assemblée d'étudiants bordelais mortifiés –, en cette année 1559, la fourchette existait déjà, mais ne s'était pas généralisée sur les tables européennes. On sent pourtant, paraît-il, en regardant le tableau, que la fourchette est imminente et sera bientôt l'ustensile sine qua non de la table européenne.

Pour le non-spécialiste des manières de table, ce qui sautera aux yeux avant même le tranchoir moyenâgeux avec juste un couteau, c'est bien sûr la mine lugubre des personnages : comment peut-on être douze plus un chien dans une pièce et avoir l'air aussi triste ? se demande-t-on. La famille Faesch avait-elle reçu une mauvaise nouvelle ? Deuil ? Flambée du cours de l'or ? Une banqueroute à l'horizon ? Pas du tout. Journée standard, repas standard, ambiance standard chez les orfèvres.

Alors pourquoi font-ils la tête ? En réalité, dit Zeev Gourarier, c'est l'époque qui veut ça. La mine revêche marque le changement de mentalité : voici l'air bourgeois qui convient à ceux qui ne se jettent pas sur la nourriture, qui conservent leurs distances, et surtout montrent qu'ils conservent leurs distances. Ainsi était cette époque charnière : la bourgeoisie devait asseoir son pouvoir sur le monde, boulot colossal, tout restait à faire. Il était crucial, pour que le plan réussisse, de donner à la bourgeoisie nouvelle de bonnes bases bourgeoises bien solides. En ce milieu de 16e siècle, les familles bourgeoises, maîtres orfèvres, maîtres tisserands, ébénistes, armateurs, notaires, banquiers, asseyaient leur pouvoir avec ténacité, et marquaient cette conquête par un comportement adéquat à chaque moment de la journée. Toute la bourgeoisie naissante devait prouver au monde qu'elle savait se tenir, qu'elle n'avait rien de commun avec les hordes infâmes qui avaient ricané d'un bout à l'autre du Moyen Âge, qui s'étaient constamment essuyé la bouche avec la nappe et avaient exposé sans cesse leurs affreuses dentitions en hurlant de rire. Toute la bourgeoisie naissante prenait soigneusement un air lugubre, et prenant cet air lugubre, montrait qu'elle savait contenir ses désirs, maîtriser libido et pulsions, qu'elle ne se jetait pas sur les trucs comme un animal, qu'elle n'était pas le genre de famille de loups incapables d'attendre que la maîtresse de maison soit servie, pas une bande de chats léchant le caramel au fond de leur assiette, ni de hérons renversant le cou en arrière pour boire leur verre jusqu'à la dernière goutte. Tous montraient qu'ils savaient canaliser leur sauvagerie.

Pour ce projet, la fourchette, instrument de mise à distance de la nourriture, était l'ustensile idéal, son entrée en scène était proche. Contrairement aux apparences, la fourchette n'avait à l'origine rien d'une arme, on ne la voyait pas comme un outil pointu qu'on plantera dans son steak comme on le planterait dans le bras de quelqu'un qui commence à nous taper sur les nerfs. La fourchette renforçait dignité, distance polie, séparation. Chacun mangera pour lui-même sans toucher la nourriture avec les doigts. C'est pourquoi il ne manque que la fourchette pour que le tableau de Hans Hug Kluber soit vraiment cohérent. La bourgeoisie naissante s'extirpait du Moyen Âge et attendait avec son air revêche que les serviteurs, debout derrière, lui fassent passer les fourchettes pour ne plus être obligée de fourrer les mains dans l'assiette.

Ainsi la fourchette sera la matérialisation de cet air âpre et rébarbatif qu'on voit sur les visages de la famille Faesch. Ainsi l'air âpre et rébarbatif est-il déjà en 1559 la marque de la fourchette intérieure. À force d'user de cet air antipathique, de cette fourchette mentale, on réussira des manœuvres d'intimidation de plus en plus efficaces. L'antipathie bourgeoise progressera en audace, l'antipathie ira vite et loin. Cette antipathie ne demandait qu'à s'étendre autant qu'elle le pourrait à toutes les dimensions de la vie.

Regard antipathique et la viande, au lieu d'être coursée, égorgée et découpée dans chaque famille, se repliera dans les abattoirs pour s'y cacher ; regard antipathique et la mort, honteusement, se sauvera vers les maisons de retraite médicalisées ; regard antipathique et le travail se réfugiera à l'autre bout du monde. Et de fil en aiguille, de regard antipathique en regard antipathique, quand les produits nous reviendront, ils auront l'air lointains aussi, moches et cassants. Et les clients des magasins eux-mêmes auront l'air faux ; on les confondra les uns avec les autres, ils se ressembleront vraiment trop ; impossible de les distinguer pour les vendeurs.

Management japonais

Trois ans plus tôt, Yannig, le mari de Doris, avait eu un autre ami, Martin. À l'époque, Yannig était loin d'imaginer qu'il deviendrait DJ, ses disques couvraient à peine un rayon d'étagère. Martin et Yannig travaillaient dans le même atelier de montage de voitures, et partaient ensemble en vacances à vélo, dormaient dans des campings de pays étrangers, où invariablement Yannig se retrouvait à organiser des matchs de foot internationaux entre enfants campeurs. Les relations avec Martin s'étaient envenimées quand la direction de leur usine instaura le modèle japonais de management dans les ateliers. Tout le monde était contre ces méthodes qui vous aliènent sous prétexte de rendre votre travail plus intéressant. Le toyotisme avait fini par causer des dépressions et trois suicides ; seul Martin avait dès le début épousé le management japonais avec une docilité joyeuse, dès le moment où s'étaient cahin-caha mis en place les premiers balbutiements de réunions qualité, ces réunions où une dizaine de salariés prennent entre eux des initiatives afin de résoudre des problèmes, d'améliorer rendements et qualité. A priori l'ouvrier français est épouvanté dès qu'on évoque cela ; Martin, lui, avait apprécié qu'on leur confie la clé d'un petit bureau vitré donnant sur l'atelier, qu'on vienne leur installer un tableau Velleda. Il lui plaisait que ce bureau soit une cellule calme au milieu du bruit de l'atelier, que les sons soient étouffés comme quand on dort caché dans une voiture au milieu d'une ville en fête. Il aimait la blancheur du tableau et respirer l'odeur des marqueurs. Il avait écrit *KAIZEN*, bon changement, en haut du tableau.

Il n'arrêtait plus une minute avec son tableau Velleda dont il avait pris en charge l'organisation. Malgré l'altruisme de Martin qui restait intacte, Yannig trouva pénible dès le début cette histoire de tableau Velleda. Martin était toujours devant son tableau blanc. Martin était là à aimanter un papier en haut du tableau Velleda ; Martin recopiait au propre les suggestions notées sur le tableau Velleda ; il checkait les nouvelles infos sur le tableau Velleda ; il demandait si quelqu'un avait une préférence de couleur pour les feutres du tableau Velleda : puisqu'il passait la commande, autant demander une couleur qui leur plairait. Martin encourageait les membres du cercle qualité à noter tous azimuts leurs suggestions sur le tableau. « Sentez-vous libres, ne bridez pas votre créativité, ce n'est pas grave si vous n'écrivez pas très droit, disait-il, nous prendrons un moment pour recopier tout ça. » La formation à la méthode Hoshin l'avait excité d'un point de vue intellectuel. Il voulait faire gagner des primes à son groupe. L'idée de la production en flux tendu le séduisait : on ne fait plus un lot de voitures qu'ensuite on cherchera à écouler, on n'accumule pas de stocks coûteux, on fabrique les voitures en un temps record pour répondre à des commandes déjà passées. Le client a déjà choisi son modèle, et attend sa voiture pour partir au travail. C'est comme s'il était là en manteau dans l'atelier en train de distribuer ses ordres sur la chaîne de production.

Dans ce nouveau contexte où la livraison est presque déjà en cours alors que vous n'avez pas encore commencé la fabrication, Yannig ressentait une anxiété croissante, quand l'esprit de Martin, au lieu de hurler, inventait des figures pour s'adapter et améliorer la productivité. Il voulait gagner collectivement avec son équipe en prenant appui sur les suggestions des uns et des autres. Durant les réunions dans le petit bureau, il disait : « Vas-y, prends le feutre, je suis pas forcé d'être le seul à noter les suggestions sur le tableau Velleda. » Personne n'avait de suggestions. Les agents du groupe auraient à la rigueur proposé qu'on remette des bancs dans la salle de pause, qu'on ne les interrompe pas sans explications au milieu d'un travail pour leur demander autre chose, qu'on leur laisse exécuter du travail de bonne qualité, qu'on ne fasse pas planer la menace constante d'une fermeture d'atelier. Mais cela débordait le champ des suggestions possibles. « Les suggestions, rappelait Martin, doivent concerner des points précis : chaîne de montage, machines, pannes, mais ni le carnet de commandes ni la gestion générale de l'entreprise. » Personne ne voyait quoi suggérer ; Martin trouvait seul toutes les idées. Le problème était qu'à cause de sa motivation, leurs fiches de salaire s'amélioraient. Yannig pouvait s'acheter des disques, ses étagères à cd et vinyles se remplissaient d'excellents albums. Leur rendement de groupe augmentant grâce à l'entêtement de Martin, la réussite de l'équipe retombait inévitablement sur chacun de ses membres. C'est l'aspect collectif du management japonais : on établit une compétition entre groupes ; chaque groupe analyse ses résultats et remédie à ses points faibles ; le groupe de Martin recevait invariablement la prime.

Pour lui faire plaisir et mériter l'augmentation, d'autres ouvriers de l'équipe se sentirent obligés de noter des idées sur le tableau. Ils se chronométraient pour augmenter leur productivité. Lorsqu'un membre de l'équipe était malade, ils se répartissaient son travail. Ils lui envoyaient une lettre où ils lui disaient de se reposer et de revenir bientôt, ils avaient besoin de lui ; puis une seconde lettre, plus sèche, pour lui dire de revenir. Une autre fois, quelqu'un suggéra qu'on chronomètre les passages aux toilettes pour plus d'égalité. Martin fut nommé à cette tâche. Tout le monde trouva juste aussi d'accorder un petit privilège à Émilie et Laura, les deux filles du groupe. Elles furent autorisées à indiquer les dates de leurs règles ; Martin leur accorderait les quelques minutes supplémentaires dont elles avaient besoin. Martin prit deux feutres, un bleu et un rouge, dans le pot en métal posé sur le bureau, et se mit à dessiner un calendrier bicolore en haut à gauche du tableau Velleda : des lignes, des colonnes et des chiffres bleus avec du rouge pour les dimanches et les jours fériés. « Ça ne pose strictement aucun problème, les filles, disait Martin en dessinant le calendrier. Vous prenez le feutre rose et vous cocherez vos dates de règles sur le calendrier mensuel. De mon côté, je m'engage à checker chaque matin le calendrier. » La limite du supportable était atteinte et peu après Yannig fit une tentative de suicide. Ce fut la première du groupe de Martin, il y en avait déjà eu dans les autres groupes qui, en plus, ne remportaient jamais la prime.

Fourchette n° 3 – Nouveaux modes de pensée

Notre contemplation a des limites

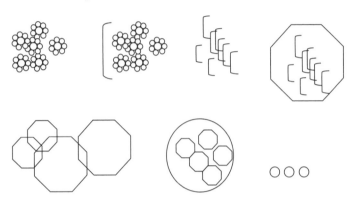

Nous téléchargeons, nous classifions éberlués.

Que répondrons-nous si se pose la question des fleurettes des alpages, question classique de la contemplation qui finit toujours par venir sur le tapis?

Quand se posera la question des fleurettes, c'est simple, nous répondrons sans hésiter notre attachement intense aux fleurettes des alpages, à leur délicatesse multicolore; nous dirons aux fleurettes des alpages à quel point nous les aimons. Après quelques heures de cet amour sans nuages, nous nous éloignerons pourtant, promettant de revenir. Nous ne pouvons demeurer à l'intérieur des choses, même si elles sont notre grand amour, fleurettes des alpages, ou d'autres choses aussi magiques. Bien sûr, nous adorons que la nature nous déborde, nous aimons le chêne, le lichen, les fleurettes, nous aimons la vision merveilleuse du lac. Mais nous ne pouvons pas nous attarder. Impossible, même si la joie nous envahit, de tenir en place sur un flanc de montagne pour regarder le lac brillant dans la nuit. Impossible d'être absorbés par la beauté douce du mouvement bleu et noir. Impossible de nous donner à un lac unique.

Notre contemplation restreinte est absence de spécialisation. Il en va de même pour les objets, les appareils, les phénomènes sociaux, les histoires. Nous ne serons pas les spécialistes des radios-réveils, ni des vaccins anti-hépatiques, ni des procédures pénales, ni de l'amour. Nous ne restons pas absorbés : nous remontons à la surface, toujours moins denses que chaque sujet pris isolément. Nous voulons nous partager entre quantité d'objets, autant de fois que nécessaire. Ainsi est notre mode de pensée : nous faisons des catégories et remontons à la surface. Chaque niveau où nous arrivons devenant aussitôt familier, nous nous propulsons à la catégorie supérieure. Dans ce déplacement ascensionnel, nous classons, produisons des catégories de catégories pour élucider l'épais mystère où nous téléchargeons éberlués.

Simplement, parfois, dans la surexcitation et la fatigue de fin de journée, nous produisons aussi quelques classements insensés ; comme dans une nouba de médecins, nous en profitons pour remettre un peu de bazar dans le réarrangement du monde, attitude contre-productive difficile à justifier. Sûrement quelque chose de cette allégresse des infirmières qui, dans les laboratoires de procréation artificielle, se mettent le soir à échanger pour rire le tube de gamètes des Dupont avec celui des Martin, le tube des Durand avec celui des Ben Youssef. Nous en profitons pour envoyer un petit coup de piston, une signature très perso, une dose d'aléatoire dans les générations.

Puis dans la question des fleurettes des alpages, nous reviendrons comme promis tendrement auprès de nos fleurettes.

Nous vivons au second degré
En parallèle, on dirait que le cerveau s'est élargi, que les kids surtout utilisent enfin un peu plus de ces 9 à 10 % du cerveau sur lesquels médiums et voyantes attiraient notre attention depuis longtemps. Médiums et voyantes se vantaient d'utiliser bien plus que ces 9 à 10 %, ils nous engageaient à faire de même. Le 21e siècle ne s'en prive pas, bien que ses parents soient inquiets.

Un jour dans un collège allemand, il y avait justement une réunion parents-professeurs où les enseignants avaient mis à l'ordre du jour la question du second degré qui tracassait la plupart d'entre eux. « Les kids, dit le professeur chargé de la conférence, vivent une existence au second degré. Avez-vous remarqué que nos adolescents ont 1 – un petit sourire en coin, 2 – une télécommande dans la main ? Cette combinaison sourire en coin-télécommande leur ouvre l'accès à des réalités a priori rebutantes. Nos adolescents peuvent passer des soirées entières au second degré, des soirées à réciter par cœur les dialogues de séries comme *Dallas* ou *Derrick* ; grâce au sourire en coin et à la télécommande, ils ne craignent pas la violence, la bêtise les amuse, ils ne sont pas vraiment concernés ; ils ont enclenché un cran au-dessus ; ils surveillent des écrans de contrôle. Certains d'entre nous, leurs éducateurs, en déduisent hâtivement qu'ils sont à distance.

« En fait, poursuivit le conférencier, les kids n'ont rien de cynique. Dans le nouveau mode de pensée que nos enfants sont en train de mettre au point et qu'ils nous transmettent au fur et à mesure, nous recevons des millions d'infos qu'aussitôt nous classons. Nous recevons des photos, des vidéos, nous sommes dans notre fauteuil à roulettes et nous entendons des musiques ; nous mixons, concentrés, mais un verre à la main comme dans une soirée, nous composons notre set. Les kids ne sont ni cyniques ni indifférents aux dossiers qu'ils mixent. La circulation opère de dossier en dossier. Ils inventent le nouveau plaisir d'être à la fois immergé dans la forêt des choses, et au-dessus ; au-dessus et néanmoins immergé.

« Saviez-vous, dit encore le conférencier, que les kids font des fêtes où ils écoutent du Dalida ? Ils n'écoutent plus Dalida comme dans les années 70, lorsqu'elle vivait ; mais ils n'écoutent plus non plus Dalida avec le mépris des années 80. Ils écoutent Dalida au second degré : nouvelle manière d'écouter, nouvelle manière de danser. Le second degré se vit au premier degré, car il faut noter qu'ils écoutent vraiment, qu'ils retirent de Dalida une émotion réelle, qu'ils dansent magnifiquement.

« Vous ne devez pas vous inquiéter, conclut le conférencier. À force d'être heureux au second degré, on est heureux tout court. » C'est le happy end de l'exposé : un seul degré dans le bonheur, le bonheur n'est jamais vécu au second degré.

Résolution graphique
Nous recevons des infos, des chansons, etc. :

Nous décidons de les assembler :

Nous pensons aux deux niveaux en même temps :

et

est la faculté nouvelle à laquelle nous tenons.

(En résolution graphique, nous avons par-dessus le marché une espèce de petit sourire mathématique, grâce auquel nous calculons les dérivées des fonctions. Nous ne nous attardons pas sur l'intégrale des fonctions, trop compliquée, trop nébuleuse. Nous nous perdrions dans l'intégrale. Face à un point, nous regardons son mouvement ; et en même temps la dérivée de ce mouvement, c'est-à-dire sa vitesse ; et en même temps la dérivée de cette vitesse, c'est-à-dire son accélération.)

La résurrection

Le jour où, à l'usine de montage de voitures, Yannig prit la décision de mettre un terme définitif à la montée constante de son angoisse, il resta dans les vestiaires après la pause de midi tandis que chacun regagnait son poste. Il envoya un sms à Doris lui disant qu'il l'aimait et accusant la méthode Hoshin, puis avala un cocktail de médicaments avec une petite bouteille de whisky cachée au fond de son casier. À leur retour d'une réunion qualité, des collègues d'un autre groupe le retrouvèrent étendu, évanoui, sur le carrelage des douches. Aucun filet de respiration ne sortait plus de ses poumons. Doris, qui tenait une librairie, était à ce moment-là en discussion avec un client au sujet de la réforme de l'orthographe : l'homme était farouchement contre la réforme du français bien que son fils y ait activement pris part au début des années 90. Lorsqu'elle reçut le sms, elle abandonna son client au pluriel des noms composés – faut-il dire des coupe-vent comme le pensait l'homme ou des coupe-vents comme l'avait imposé son fils, avec le soutien en demi-teinte des immortels de l'Académie française ? Faut-il dire un porte-clés avec le père ou un porte-clé avec le fils ? Des perce-neige avec le père ou des perce-neiges avec le fils ? – Doris, bien que passionnée par ces fines distinctions grammaticales qui colorent le monde et le font basculer d'un côté ou de l'autre, laissa tomber l'affaire et courut directement aux Urgences. Là, elle trouva Yannig dans un coma profond, allongé sur un lit d'hôpital et la tête reposant sur un oreiller blanc entouré d'un liseré imprimé, bordure bleu pâle marquée au nom du CHRU. En larmes, mais se doutant que la résurrection était possible, Doris resta à ses côtés et lui parla durant trente-six heures. Yannig en effet finit par remuer légèrement les mains, il ouvrit les yeux, et sourit à Doris qui se pencha vers lui et le souleva légèrement, l'aidant à se redresser. Yannig embrassa Doris et, une demi-heure plus tard, il demandait ses disques. Dès lors, la rapidité de son rétablissement fut prodigieuse. Le lendemain, il rentrait à la maison ; le surlendemain, il jouait au tennis avec des enfants du quartier ; un mois plus tard, il officiait aux platines dans les clubs de la ville, ou chez des amis. Là aussi, on le voyait souvent entouré d'enfants, des grappes de garçons qui, sortis d'on ne sait où, surgissaient dans les soirées, et à qui Yannig prêtait volontiers ses platines et son mac lorsqu'il avait fini un set et qu'un autre DJ prenait sa place aux manettes. Les garçons s'installaient devant le portable, ouvraient les logiciels de son et composaient en quatre minutes des morceaux sur GarageBand, en collant des samples sur la table de montage ; d'abord la section rythmique, drum et bass, puis ici et là des trumpets, des pianos, des chorus, quelques nappes de strings pour enrober le tout, et le tour était joué. « Ce que nous appelons les strings, ce sont les instruments à cordes, violons, violoncelles, etc. », répondait inlassablement Yannig aux kids qui reposaient sans cesse la question. Les garçons, quand ils avaient fini leur morceau de hip-hop ou de R&B, le lui faisaient écouter au casque, puis ils effaçaient tout avant de quitter la soirée et de s'effacer eux-mêmes en quelque sorte.

Le nouveau mari

Un matin à la librairie, Doris déballait les cartons de livres qu'elle avait commandés. Parmi eux se trouvait comme souvent un lot d'ouvrages qu'elle n'avait absolument pas demandés, mais dont l'éditeur pour diverses raisons avait envie de voir de bonnes piles dans toutes les librairies en cette période de fêtes. En l'occurrence, le livre avec lequel l'éditeur avait décidé de recouvrir la France était un gros ouvrage de psychologie sur la résilience, un livre qui faisait rêver avec beaucoup de photos. Quand Doris eut sorti sa commande des cartons et réparti l'ensemble des ouvrages sur les tables et dans les étagères, il lui resta bien sûr ces vingt-huit exemplaires de livres non commandés dont elle ne savait que faire. Le diffuseur comptait là-dessus : avec un tel paquet en surplus, il était sûr d'obtenir une pile de livres en plein dans le passage, qui ainsi partiraient comme des petits pains. Doris, dont la librairie était exiguë, casa la pile sous sa table, juste devant ses pieds, se prépara un thé et commença à feuilleter cet ouvrage sur la résilience, dans lequel elle fut heureuse d'apprendre, en cette matinée de décembre, combien elle était privilégiée, parce que 1- son mari avait tous les attributs de la personne résiliente, et que 2- le résilient est le mari du futur, juste le mari qu'il nous faut. Quelle chance ! D'après ce texte qui bientôt serait sous la moitié des sapins de Noël, Doris avait décroché le mari idéal.

De tout temps, le choix de votre mari, de votre compagnon de vie, a été lié au contexte, disait en gros l'intro du livre sur la résilience, illustrée de photos de paysages prises par l'AFP aux quatre coins du monde. Aujourd'hui on ne peut plus se figurer, comme pendant la seconde partie du 20ᵉ siècle, que les coups du sort ne sont ni pour nous ni pour nos enfants : risques sanitaires, catastrophes environnementales, terrorisme, aléas du système financier, sont revenus jusqu'à nous, alors que l'époque précédente avait cru pouvoir sécuriser les territoires, éradiquer les maladies et détourner l'ensemble des fléaux vers des directions lointaines, inconnues, invisibles. D'où une redistribution des qualités et défauts chez les maris. Après la vague des maris qui sécurisaient l'avenir dans un environnement stable, qui mettaient tout à l'abri, déposaient leurs biens dans des coffres-forts dont ils révisaient les numéros avant de dormir, voici le temps des maris boussoles décelant la route au milieu du chaos. Voici le temps des maris jouant dans l'inconnu, souples et rebondissants.

C'est pourquoi le mari du futur a trait pour trait les qualités du résilient, personnage synonyme d'espoir repéré à point nommé par la psychologie dans les dernières années. Le résilient est quelqu'un comme Georges Brassens ou comme la Callas, quelqu'un qui a vécu des traumatismes, mais qui s'en est tiré et a trouvé en lui la force de reprendre le cours d'une vie normale : il est la preuve vivante que les traumatismes peuvent être surmontés, on peut triompher et sourire à nouveau. C'est un soulagement : exactement les qualités dont on avait besoin, dont on aura besoin. Le mari du futur est un mari qui, ostréicole, croise les obstacles et les transforme en perles nacrées au fur et à mesure ; un mari qui guérit à toute allure et qui, s'il en arrive à se suicider pour une raison ou pour une autre, ressuscite et devient DJ ; un mari océanique effaçant les problèmes sous son vaste flot et ses vagues puissantes.

Il faut dire qu'on revenait de loin avec les théories du psychisme, se dit Doris en jetant un œil au rayon Psychologie-Psychiatrie-Psychanalyse-Sciences cognitives à côté duquel elle avait installé son fauteuil en cuir rouge et sa table de libraire ; avec ces rayons de théories passionnantes, nos nerfs ont été soumis à rude épreuve. Après guerre s'était largement répandue une idée austère qui commençait à nous insupporter au plus haut point. Les professionnels de l'âme avaient pris l'habitude de dire aux gens que dès la petite enfance, tout était joué pour eux. « Tout se joue avant six ans », pensait par exemple le Dr Fitzhugh Dodson, auteur du best-seller éponyme qu'elle avait très bien vendu jusqu'à une date récente. Et la plupart des ouvrages étaient à l'avenant : Si vos parents ont créé un environnement stable sans commettre d'erreur majeure, vous ferez probablement de même. Vous ont-ils battu ? Vous battrez vos propres enfants. Buvaient-ils, vous boirez, etc. Au point de vue apprentissages et intelligence, c'était même pire : « Tout est joué avant trois ans », affirmait le Japonais Masaru Ibuka, impressionné par la méthode Suzuki d'apprentissage du violon à de très jeunes bambins. Ou même « tout est joué en fait avant huit mois », démontrait encore récemment une cohorte américaine ayant suivi 482 nourrissons jusqu'à leurs trente ans. Tous s'accordaient sur le fait qu'à un moment donné, très tôt dans la petite enfance, nous sommes configurés pour le restant de nos jours. C'était

difficile à admettre, une énorme responsabilité incombait
aux parents : les enfants resteraient bloqués à vie dans des
ornières prévisibles dès le berceau.

De là, se disait Doris, à cause de ces théories très raides, les
innombrables binômes parent-enfant encombrant les salons
de thé de leurs règlements de comptes infinis, toutes ces
tables occupées par un enfant du troisième âge et son parent
du quatrième âge assis devant des tartes au citron, discutant
des après-midi entiers de ces problèmes insolubles, réglant
les contentieux d'un amour raté au berceau soixante ans
plus tôt : « Pourquoi ne pas m'avoir emmené avec toi ?
Pourquoi ne pas m'avoir bercé convenablement ? Pourquoi
cette absence de tendresse ? Pourquoi ? Pourquoi t'être
enfui ce matin-là ? »

C'est sûr, on avait plus qu'assez de ces scènes désespérantes
de salons de thé, de ces tables toujours occupées, de ces
tartes au citron englouties pour rien lors de conversations
déchirantes, cependant que pas l'ombre d'une solution ne
se profilait à l'horizon.

C'est exactement ce qu'entendait enfin prouver le beau
livre avec ses photos de paysages, ses photos de regards
d'enfants, ses photos de Barbara et de Marilyn Monroe : on
avait fait fausse route avec les théories trop rigides où l'on
n'a aucune marge de manœuvre, où il n'y a rien à tenter car
tout est déjà joué. Ce dont on a besoin aujourd'hui, c'est
d'une théorie plus cool, moins figée, mieux adaptée à nos

modes de vie en free lance. Après pas mal de tâtonnements, on commença à repérer des cas qui nous plaisaient, des gens dont on avait besoin : on nota ici et là la présence de milliers de gens extraordinaires comme Arthur Rimbaud ou Georges Brassens, capables de vivre en résistant aux chocs, de remettre les compteurs à zéro sans faire tout un foin. Et on nomma résilience cette capacité à résister aux chocs, ce refus de se laisser déformer dans lequel excellent certains métaux. Enfin terminé le cirque épuisant des salons de thé. C'était l'échec, et puis voilà que ça ne l'était plus. On avait droit à une trousse de secours comme dans les jeux vidéo : une mallette blanche avec une croix rouge dessus et dès que vous êtes mort, vous l'ouvrez et le nombre de vos vies futures s'affiche. Le résilient est quelqu'un de souple avec une petite mallette, c'est un troubadour qui chante ses poèmes, il aura une mise en plis bouleversante, des boucles blondes, de belles cuisses qui cachent son désarroi.

Et comment repérerez-vous votre futur mari dans une foule ? demandait pour finir l'ouvrage de vulgarisation que Doris venait de lire en buvant son thé. Comment choisirez-vous le bon mari parmi la multitude des maris possibles ? Comment découvrir la Callas, le Brassens ou la Marilyn que vous rêvez d'emmener devant Monsieur le Maire ? Eh bien vous reconnaîtrez votre nouveau mari à ce qu'il est entouré de grappes d'enfants, recommandaient les auteurs. Vous le reconnaîtrez à ce que, partout où il passe, les enfants du voisinage accourent. Les enfants sentent qu'un adulte est résilient, ils lui font confiance, devinent que son humanité est vaste. Ils lui proposent des parties de foot, lui offrent des bouquets de fleurs volées dans les parterres municipaux, s'agglutinent volontiers autour de lui pour discuter le bout de gras.

Fourchette n° 4

Dans *37° 2 le matin*, Béatrice Dalle agressait avec une fourchette une cliente du restaurant où elle faisait le service. À un moment donné, cette femme lui tapant sur les nerfs, elle lui enfonçait en hurlant une fourchette dans le bras. Un usage assez peu distance bourgeoise de la fourchette.

COMMENT ÊTRE LÀ CE SOIR
AVEC LES COUILLES ET LE MORAL?

Un jour, nous décidons de partir en vacances à la montagne.

Avec:

O.

Propriétaires français, espagnols, danois, américains, etc.

Édith Piaf

Justine

Géraud

Artistes genevois

Traders français

Professeurs de philosophie, lapins, toons

Enfin bref, peuples du monde entier

La semaine de la Création

Un jour, nous décidons de partir en vacances à la montagne. Nous sommes heureux et excités à la perspective de ces vacances en altitude, infiniment plus excités que si nous prenions nos vacances en plaine, il n'y a aucune comparaison. Les montagnes sont des lieux formidables ; on voit toutes choses du dessus, on comprend comment telle route relie tel village à tel village, on a l'impression de bien s'orienter, d'être champion en géographie. Ce sont de purs engins de bonheur.

La veille du départ pour les Pyrénées, nous préparons en un rien de temps des bagages légers. C'est l'été, les vêtements laissent dépasser bras et jambes nus qui se frôlent gaiement. Mais l'été n'est qu'en partie responsable du bonheur, l'été est la cerise sur le gâteau et se surajoute au bonheur éclatant de la montagne. Une autre fois, en plein hiver, nous avions enfilé tous les vêtements de neige que nous possédions, polaires, anoraks, bottes, combinaisons de ski et nous étions aussi partis en montagne : un bonheur identique était au rendez-vous. La montagne était blanche, le paysage intensément reposant. Les choses se présentaient sur le blanc les unes après les autres comme au premier jour. Les choses s'avançaient en toute simplicité, non pas timides mais sans orgueil, s'avançaient une par une, deux par deux sur la neige, et chacune se présentait en quelques mots comme l'avaient fait les animaux durant la semaine de la Création. Il y avait une super écoute entre participants, attentive et tout. Même quand plusieurs choses étaient coprésentes, il restait de l'espace vide autour, beaucoup de blanc les séparant. Chacune rayonnait dans son unicité lumineuse de chose. Ainsi donc, été, hiver, la montagne ne se laisse pas impressionner par les éléments variables, on voit qu'elle est là depuis l'ère primaire, ou tertiaire, constamment au top.

Rêve 7 – Le rêve avec Édith Piaf

La nuit juste avant le départ en vacances, j'ai fait un gros rêve touffu à propos d'Édith Piaf. Dans ce rêve, Édith entonnait quelques-unes de ses chansons pour animer un banquet au casino de Forges-les-Eaux en Normandie. Les convives étaient assis autour de tables rondes couvertes de nappes vert amande. Édith Piaf se trouvait au centre d'une de ces tables; c'est-à-dire qu'une table était trouée en son centre d'une découpe circulaire, et que le buste d'Édith Piaf émergeait de cette découpe. Elle interprétait quelques chansons avant de redisparaître sous la table, pendant que les gens poursuivaient leur repas. Avec elle sous la table se trouvait un garçon que j'ai connu lorsque j'étais enfant, chargé de détendre Édith, de la relaxer, de l'embrasser sur la bouche pendant qu'elle ne chantait pas. Or à un moment du rêve, on voyait distinctement le dessous de la table; et on s'apercevait qu'Édith Piaf, accroupie sous la nappe, était en train de faire des crottes de petit lapin; et le garçon que j'ai connu lorsque j'étais enfant les ramassait au fur et à mesure avec une pelle et une balayette.

Au réveil, j'ai téléchargé, pour le lire en voiture, un cours de géotourisme consacré aux stations thermales des montagnes européennes, puis nous avons lancé nos sacs sur la banquette arrière, et en route dans la beauté du petit matin.

Le bonheur

Autant l'avouer maintenant, car cela finira par se voir, cela commence déjà à se sentir : nous sommes au seuil d'un chapitre final épanoui et débordant de bonheur, chapitre ensoleillé où affleurent petits baisers, sourires, minigalops dans des forêts en pente, mystérieuses lumières dorées de la forêt. Je sais, ce n'est pas normal, ce n'est pas le moment d'être heureux comme ça, mais il faut bien comprendre que le bonheur découle automatiquement de la montagne. Je l'avoue sans manières, il s'agit de bonheur individuel, d'exultation dans la nature, de transports dans les feuillages, de bonheur amoureux. Je suis à l'aise avec ça ; le bonheur n'est pas une décision consciente. En montagne, vous êtes immergé dans un contexte : l'effet magique de la montagne se met en marche et agit à l'intérieur de vous. Vous ne pouvez rien contre une montagne douce, familière, légèrement édulcorée.

Je conçois pourtant que le bonheur n'est vraiment plus le truc du moment. Fini l'époque des petits questionnements personnels, du bien-être, des réglages subtils de notre confort psychique ; nous sommes loin des années 2000.

Le bonheur individuel n'est plus la priorité pour les années 2010. Le bonheur est has been, il y a d'autres urgences mondiales, financières, environnementales, alors qu'au début des années 2000, le bonheur individuel, porté par la maison individuelle, était au cœur des envies des Français. Dans tous les pays d'ailleurs, les gens bricolaient leurs microstratégies pour être heureux. Les Français s'entouraient en outre de nombreux bébés ; les Français adorent les petits bras qui se nouent autour de leur cou ; ils recomposent sans cesse leurs familles avec beaucoup d'imagination. Ils avaient alors déjà construit ou acheté des millions de maisons, de pavillons, de l'ancien ou des appartements sur plan. À l'orée des années 2000, il ne leur restait qu'à finir la déco. Nous avons déjà abordé le sujet de la maison individuelle. Mais, pour rappel, il y avait alors beaucoup de barbecues entre voisins, une équation mon bonheur = mon jardin, une forte émulation question lasures, bétons cirés, vérandas, aménagements de combles. Les propriétaires compulsaient des magazines de déco ; fin août, ils rentraient du bled, bronzés et la voiture remplie de super-beaux tapis ; ils créaient dans leurs pavillons, leurs villas, leurs HLM, des ambiances de palaces orientaux ; ils transformaient des millions de faux plafonds en millions de voûtes étoilées.

Et si, à l'époque, il y a donc une dizaine d'années, un observateur faisait le tour de la maison de Propriétaire pour regarder ce qu'il y avait derrière, il voyait un jardin ;

et dans ce jardin, des enfants heureux sur des balançoires et des Propriétaires en train de déjeuner avec leurs amis, des Propriétaires tout simples qui ne désiraient rien de mieux que de se faire tranquilles des petits barbecues entre potes. Ainsi se déroulait le début des années 2000 : il suffisait de faire le tour des maisons et on voyait des Français, et ailleurs des Espagnols, des Danois, des Américains, rassemblés entre amis, entre voisins, tous occupés à l'universelle sociabilité du barbecue. On avait l'impression d'un aboutissement, d'une pause dans la furie de l'histoire humaine, une impression bizarre de normalité. Troublant.

Ce qu'on oubliait neuf fois sur dix, c'était de regarder derrière l'arrière de la maison. On oubliait l'arrière de l'arrière, on s'arrêtait en chemin.

« Propriétaire, qu'y a-t-il derrière la maison ?
– Le jardin.
– Oui bien sûr. Et derrière le jardin ?
– La haie.
– Et derrière la haie ?
– Alors là, il n'y a plus rien, il y a la haie, c'est-à-dire la nature. C'est tout.
– Ah ok. »

Or, plus tard, en 2008, on comprit enfin ce qu'il y avait derrière l'arrière des maisons : il y avait le crédit bancaire de Propriétaire. On le savait, certes, mais lors de ces insouciantes années 2000, personne ne s'en préoccupait, le crédit bancaire n'empêchait personne de dormir. On savait que Propriétaire était endetté, on le laissait se débrouiller avec cette épine dans le pied, on le laissait se dépatouiller pour rembourser. Propriétaire se levait très tôt, sortait aux aurores, démarrait sa voiture, partait au travail après avoir posé les petits à la crèche. On le laissait avec sa fatigue et son travail pas toujours valorisant. Ce qu'on oubliait, ce à quoi on ne pensait absolument pas à s'intéresser, tant il est vrai que le sujet est inintéressant, c'est à ce que devenaient ces crédits immobiliers une fois qu'ils avaient été contractés par Propriétaire. Si l'on s'était posé la question, on aurait imaginé sans doute que ces crédits, doués d'une relative immobilité, attendaient à la banque les vingt ans où Propriétaire s'acharnait à rembourser. Alors que la réalité était tout autre : ces crédits immobiliers sitôt accordés étaient en fait transformés par les banques en produits financiers ; dès lors, ils se revendaient, s'échangeaient sur le marché financier et nourrissaient l'un après l'autre l'accélération de la spéculation financière. Or, comme la même chose avait lieu dans quantité de pays, en particulier aux États-Unis avec des propriétaires encore plus nombreux, tous aussi fous de joie que les propriétaires français, espagnols ou danois, tous irradiant de bonheur dans leur jardinet, mais dont beaucoup avaient été incités à emprunter alors qu'ils étaient insolvables, et se trouvaient incapables de rembourser, le résultat logique fut la crise des subprimes, qui, traînée de poudre, détériora la santé économique du monde entier, raflant au passage l'emploi de Propriétaire, etc. La face B du bonheur de Propriétaire était le désastre financier.

Aussi, à présent que les années 2010 ont commencé, il ne devrait plus être permis de faire des chapitres sur le bonheur. Nous devons mutualiser nos efforts et les concentrer dans des chapitres non pas individuels mais collectifs, des chapitres sur la finance, les assurances, les produits dérivés, le marché obligataire, des chapitres sur les emprunts toxiques, le risque systémique de faillites bancaires, le rôle des banques centrales et du FMI, des chapitres sur les paradis fiscaux et le dumping fiscal. Après quoi, enfin, nous pourrons nous lancer dans les chapitres politiques sur l'énergie que nous devons impulser, la fine, clairvoyante, monumentale volonté politique qu'il faut pour définir et réaliser le monde que nous souhaitons, dès lors que les rouages de ces nouvelles mécaniques d'asservissement seront parfaitement compris. Cela requiert notre dynamisme, notre force, notre bonne humeur ; et c'est ce que nous ferons, bien que toute la première partie du programme soit d'un ennui incommensurable.

Simplement, il faut laisser aux gens le temps de se retourner. Comme je l'ai dit, ce ne sera pas possible dans les cinq minutes ; mais peut-être oui, pourquoi pas, dans une dizaine de minutes, pourquoi pas dans six ou sept minutes. Je l'ai dit, le présent chapitre réclame un délai, le chapitre se déroule en montagne, c'est enfantin, nous devons respecter les vœux de la montagne qui, aussi têtue que certaines petites Roxane chantonnant dans le paysage, refuse tout net les analyses financières. Une fois que vous êtes là, le paysage vous prend en charge, vous impose ses manières de voir et vous entraîne dans sa spirale de bonheur.

Notre montagne 21e siècle

Sur les hauteurs pyrénéennes, dans cette merveille féerique de vert et de lumière, nous gambadions en tenue d'été, tongs, chapeau de paille. Nous gravissions les chemins certes escarpés mais rendus praticables par les pierres bien plates que les services forestiers départementaux disposent en espèces d'escaliers semi-sauvages permettant d'arriver au sommet à toute allure et sans aucune fatigue. Ainsi était la montagne : la nature nous dépassait mais pas excessivement, la nature était à notre mesure. Ainsi nous jubilions, l'eau claire bouillonnait en sources et cascades sur les parois rocheuses, la mousse épaisse nous permettait de longues et belles siestes animales. Aux croisements des chemins, des panneaux indiquaient combien de kilomètres nous devions parcourir pour nous rendre ici ou là, comment se comporter avec la montagne. Attention, précisaient-ils, vous vous trouverez peut-être nez à nez avec une grosse bête, une vache, un ours. Un panneau représentait un marcheur portant un sac à dos ouvert dans lequel sautaient des détritus schématisés : papiers, restes de pique-niques, quittaient le sol pour se précipiter d'eux-mêmes à l'intérieur du sac ; la nature s'auto-nettoyait. Détendus, nous échangions pensées et opinions sur mille et un sujets, nous sautions de rocher en rocher à la manière de Bouvard et Pécuchet cabriolant sur fond de ciel entièrement bleu. Nous éclations de rire lorsque, de loin en loin, nous croisions des randonneurs portant chaussures de marche, chaussettes en laine, bâtons et tenues de sport. Le suréquipement sportif nous amusait, suréquipement inutile mais dont le côté déguisement coïncidait à la perfection avec cette nature vaste, féerique et soigneusement balisée par les associations locales. O. grimpait en courant les sentiers au milieu des bois ; infatigable, il gravissait des centaines de mètres au pas de course. J'essayais de le filmer à travers les arbres avec une petite caméra que j'avais avec moi, mais il se déplaçait si vite qu'il n'apparaissait jamais sur mes images.

Cela, pensions-nous, aurait été bien différent si notre randonnée s'était déroulée avant le 19e siècle, lorsque mer et montagne, mal balisées, n'attiraient absolument personne. C'était alors l'angoisse absolue, les gens étaient tétanisés dès qu'il leur fallait franchir un col pour rendre visite à un ami vivant de l'autre côté. Ils désiraient ardemment revoir leur ami, mais la montagne les glaçait paraît-il d'effroi. Et c'étaient des atermoiements à n'en plus finir, ils repoussaient le voyage, s'inventaient des maux de tête, se trouvaient mille prétextes pour ne pas décoller. Finalement il fallait se mettre en route, et là, ils gardaient bien à l'esprit les traits aimés et familiers de l'ami qu'ils souhaitaient rejoindre de l'autre côté de la montagne. Il leur fallait l'image de cette tête chérie pour se donner du courage, car la traversée s'effectuait tout du long à contrecœur. Mer et montagne étaient alors des fragments de monde inhospitaliers où l'on risquait d'être anéanti par les éléments. Les peintres ne se précipitaient pas pour aller peindre l'océan sur le motif, et ça ne se bousculait pas non plus au portillon pour planter les chevalets sur les sommets rocheux ou au fond des vallées réputés abominables.

Alors qu'en ce début de 21ᵉ siècle, la montagne rayonnait de beauté ; la hauteur, impressionnante, restait accessible, la hauteur faisait partie de nos possibles même en tongs et petite robe d'été. Elle nous dominait mais nous n'avions pas peur. La montagne n'avait plus que des qualités, elle s'était recentrée sur ses points positifs.

Rêve 7 – Le rêve avec Édith Piaf

Tandis que nous gambadions, lorsque je rattrapais O. qui s'arrêtait parfois dans sa course et s'asseyait pour fumer sur une souche, je lui disais : «Peut-être croiserons-nous l'équipe de cinéma suisse avec techniciens et figurants.»

J'avais appris un soir lors d'un dîner dans une pizzeria de Genève que deux artistes suisses venaient régulièrement tourner de petits films l'été dans les Pyrénées. À chaque virage du chemin en lacets, je m'imaginais les rencontrer en plein travail.

J'avais aussi de temps en temps des réminiscences du rêve que j'avais fait la nuit juste avant notre départ. Je revoyais Édith Piaf émerger du centre de la nappe verte et entonner d'une voix exceptionnellement forte et vibrante son *Hymne à l'amour* qui faisait taire les convives du banquet : « *Le ciel bleu sur nous peut s'effondrer, et la Terre peut bien s'écrouler, peu m'importe, si tu m'aimes je me fous du monde entier.* » Je revoyais le moment où, accompagnée du garçon que j'ai connu lorsque j'étais enfant, la chanteuse se glissait sous la table et faisait ses petites crottes. On la voyait accroupie, nappe verte rabattue autour d'elle, on voyait surtout en gros plan son visage allongé et déformé. Le malaise du rêve s'était focalisé sur le visage tordu d'Édith Piaf.

Je savais d'où provenait ce rêve : j'avais vu la veille le film sur Édith Piaf avec Marion Cotillard. Le tournage, nous apprenait le making of, avait nécessité une équipe de maquilleurs hautement techniques : comme Marion Cotillard ne ressemble pas du tout à Édith Piaf, chacune de ses apparitions à l'écran avait exigé le vieillissement artificiel de son visage, le collage de prosthétiques. Les maquilleurs avaient rasé une bande de cheveux sur le haut du front de Marion pour obtenir un front large plus conforme à celui de la chanteuse. Quatre heures de maquillage avaient été nécessaires pour chaque scène, un acharnement quotidien sur la tête de Marion Cotillard qui heureusement sombrait dans le sommeil sitôt que les maquilleurs s'approchaient avec les cosmétiques et les colles. Cette batterie de traitements contre-nature appliqués au visage de l'actrice était à l'origine de ma gêne, du visage déformé d'Édith Piaf sous la table. Parce que, après ces heures de maquillage, ces heures de métamorphose enragée, on aurait dû crier au miracle, on était censé être saisi par la magie de la ressemblance. Or c'était le contraire qui se produisait : le résultat était effrayant. Quatre heures plus tard, Marion Cotillard ne ressemblait toujours pas à Édith Piaf. Mais elle ne ressemblait plus non plus à Marion Cotillard. Elle flottait dans l'entre-deux, dans l'absence de visage.

Mémento pour l'ère écologique

Je sais, je sais, on peut bien tout expliquer, cela ne justifie rien. Il reste incroyable de faire, encore aujourd'hui, un rêve comme ce rêve avec Édith Piaf, un rêve où sont présentes des matières fécales, qui plus est inspirant un tel dégoût. J'en suis consciente, je le regrette. Il devrait être interdit à notre époque de se comporter ainsi, de développer ce genre de gêne et de répugnance lorsque nous pensons à des matières fécales. Un tel rêve prouve que nous sommes victimes de vieux réflexes freudiens surannés : confrontés à des matières fécales, nous sommes très vite saisis d'horreur, nous sentons un parfum de mort ; nous avons perdu une parcelle de nous-mêmes et cela nous inquiète ; égoïstes, nous sommes obnubilés par notre disparition, par les vers qui finiront par s'emparer de nos corps, de la douceur de nos membres. Nous sommes vexés et écœurés d'avoir à croiser ce genre de réalité, que ces déjections soient les nôtres personnelles, celles d'un proche, ou abandonnées là par un inconnu. Je sais, ces états d'âme ne sont plus acceptables aujourd'hui.

Heureusement, nous n'en sommes pas tous là. L'ère écologique commande au contraire de considérer les déjections et d'avoir envers elles une attitude responsable. Les questions vitales se déplacent, des précurseurs aux angoisses et aux rêves radicalement neufs échangent des conseils sur Internet. Certains d'entre nous ont déjà fait des avancées significatives en installant chez eux des toilettes sèches. Il faut s'entraîner, se remémorer jour après jour qu'il n'est plus temps d'être névrosés, qu'il n'est plus temps pour la pudeur exacerbée, ni pour les passions aveugles, qui, c'est vrai, nous poussaient il y a quelques années à conduire de grosses berlines dans la nuit sur des centaines de kilomètres pour une simple entrevue amoureuse devant le soleil levant. Ah là là, bien sûr, nous exagérions, nous étions tous comme James Dean, nous vivions d'amour fou, nous avions des états d'âme, des tas de névroses, nous écrasions l'accélérateur et foncions dans la nuit.

On était tous comme Édith Piaf, on faisait l'impasse sur la préservation des espèces et des richesses géologiques ; on pouvait prononcer en chantant des phrases terribles comme : « Le ciel bleu sur nous peut s'effondrer, et la terre peut bien s'écrouler, peu m'importe, si tu m'aimes je me fous du monde entier. » On chauffait dehors avec nos radiateurs ; les vers de terre nous dégoûtaient ; on ne disait jamais un seul mot de nos déjections ; on gardait ça secret, pour nous. On refusait de voir la réalité en face.

Alors qu'aujourd'hui, il n'y a plus aucune urgence pour les névroses ; en revanche, il y a urgence en matière d'eau potable, en matière d'humus et de phytoépuration.

Le forum toilettes sèches

Une fois en Europe, il y avait une jeune femme qui avait dépassé la pudeur antédiluvienne et tenait un écoblog. Du reste, Justine, cette jeune femme, tomba une nuit par la fenêtre de sa maison bio, se brisant une jambe et s'ouvrant des abîmes d'inquiétude, mais ce n'est pas le point qui nous intéresse ici. Le point, pour l'instant, est le forum *toilettes sèches* qu'administrait Justine.

Bien que moins rentable que son autre activité, le calcul d'écobilans de maisons, le forum *toilettes sèches* représentait pour Justine le bon moment de la journée. Le forum était souvent drôle et les interventions de Justine plus qu'utiles.

Sur ce sujet précis, l'intervention d'une professionnelle rodée était un adjuvant essentiel. Les discussions opérant sur un terrain intime, il y avait toujours un temps d'adaptation pour les internautes ; au début, ils marchaient sur des œufs, n'osaient pas trop demander. « C'est vrai, répétait Justine, les toilettes sèches exigeront de vous une disposition d'esprit totalement différente de celle qu'on avait pour des toilettes à l'ancienne ; non que ce soit vraiment compliqué, mais il vous faudra changer de logique. Et en premier lieu, il vaudrait mieux cesser de ricaner. » « Au début, disait Justine, beaucoup ont tendance à ricaner. Pour se protéger. » Bref, ce sont des zones émergentes de discussion ; au départ nous sommes tous des enfants face aux toilettes sèches ; et Justine, en tant qu'administratrice, avait le chic pour calmer le jeu. Elle maternait ses visiteurs, compréhensive et douée surtout d'une infinie patience. En effet, inconvénient associé à la nouveauté, les mêmes questions revenaient perpétuellement. Les choses avaient besoin d'être dites plusieurs fois. Impensable de renvoyer les gens vers les topics des semaines passées ou vers une liste de Frequently Asked Questions ; ils avaient besoin de redemander eux-mêmes pour passer le cap, croyant à chaque fois sincèrement que leur cas était inédit.

Le 14 janvier par exemple, même si Luna avait suivi les plans proposés par Justine sur le site, regardé la vidéo et réussi à remplacer, pour 26 euros, ses anciennes toilettes par des toilettes sèches, elle avait à présent besoin qu'on la rassure. Elle demandait dans un post un peu inquiet qu'on lui redonne le mode d'emploi de ses toilettes sèches, qu'on lui réexplique ce qu'elle pouvait faire ou non, comment s'y prendre vraiment. Elle avait posé un baril métallique à la place de son ancien WC, vissé dessus une lunette de toilettes, récupéré de la sciure chez un voisin menuisier. Les questions techniques, dit-elle, étaient résolues grâce à la vidéo du site. Néanmoins elle n'avait pas bien compris 1 – si elle pouvait aussi uriner, 2 – si elle avait le droit de sortir le seau par l'intérieur de sa maison ou si le seau devait passer directement dehors par une fenêtre ou une porte, 3 – si elle pouvait utiliser des tampons lorsqu'elle avait ses règles.

Et Justine répondait au cas par cas. D'une patience d'ange, elle répétait les mêmes explications aussi souvent que nécessaire, sans une nuance d'agacement.

Actualité de la gêne

Sylvain > Luna, j'ai trois filles et les tampons sont interdits dans la famille, je vous recommande la coupelle appelée moon cup qu'il faut plaquer sur le col de votre utérus ou sur celui de vos filles, et qui récupérera le sang de vos règles.

Tina > Tout à fait d'accord avec Sylvain. J'ai moi aussi adopté le moon cup, c'est vraiment très bien, ensuite je recycle le sang en le déposant au pied des arbustes du balcon. Excellent engrais.

Ninine > J'ai 43 ans, j'ai eu mes règles le 24, j'ai fait l'amour le 30. Pouvez-vous me dire si je suis enceinte. Merci.

On voit que par exemple Sylvain et Tina n'éprouvent plus aucune gêne ; leur pudeur est radicalement transformée ; ils ont passé le cap et foncent à présent de l'autre côté de la clôture écologique.

Et la jambe de Justine ?

Ah oui. Eh bien une nuit, Justine se cassa la jambe en tombant par la fenêtre de sa maison bio. Justine n'avait jamais été somnambule auparavant et trouva très inquiétant de basculer ainsi par la fenêtre : la douleur de la jambe cassée n'était rien, le plâtre n'était rien ; Justine redoutait surtout de tomber n'importe quelle nuit par n'importe quelle fenêtre. Quelques jours plus tard, le souvenir d'un cousin lui revenant en mémoire, elle se demanda si l'hérédité jouait un rôle dans les pertes d'équilibre, les basculements, les chutes. Parti en voilier avec des amis, ce cousin avait disparu une nuit dans un basculement similaire par-dessus bord ; le matin au réveil ses amis ne l'avaient pas retrouvé, il avait disparu du bateau. Il ne restait qu'une casquette sur le pont, et autour, l'Atlantique.

D'un autre côté, pour Justine, la jambe cassée fut accueillie comme un handicap bienvenu. Justine commençait à se lasser des visites de stagiaires dans sa maison bio. Au début, elle n'avait pas détesté cette maison autoconstruite en quatre ou cinq ans, par elle et Géraud son fiancé, avec pour seule assistance des revues, des livres, quelques conseils glanés sur Internet. Elle ne détestait pas l'attirail astucieux des bricolages bio qui l'accompagnaient : cuiseur solaire, puits canadien, bassin d'épuration, etc. Dans les premiers temps, tout redevenait simple et clair, tout les enthousiasmait. Géraud avait des idées en flux, son excitation répandait partout des inventions géniales et gratis qui sabraient les dépenses ; ils allaient d'amélioration en amélioration. Très chouette aussi de voir bientôt des inconnus affluer, s'inscrire et payer un forfait-journée pour visiter votre jardin. Mais il fallut bientôt se rendre à l'évidence : la maison était chronophage, les journées filaient au rythme des opérations obligatoires, transporter l'eau, grimper à l'éolienne pour décoincer les pales, préparer aux aurores le repas de midi qui cuisait à deux à l'heure dans le cuiseur solaire, booster les graines, vider le compost… impossible de projeter autre chose. Habiter était devenu l'activité essentielle, plus envahissante qu'un travail. C'est pourquoi, malgré l'angoisse liée à la chute par la fenêtre, sur fond de cette angoisse flottante, Justine s'aperçut qu'elle éprouvait, grâce à sa jambe cassée, le bonheur de l'oisiveté dans une maison devenue un emploi à temps complet. Immobilisée dans son fauteuil au milieu du salon, elle ressentait la joie de celui qui se fait discretos une petite sieste au bureau, l'agréable sensation d'enfler le patronat.

Lyrisme et calcul étaient une seule chose

Pendant cette période, Géraud présenta seul aux stagiaires épris de nature, d'animaux, de terre brute, les aspects techniques et interdépendants de la gestion d'énergie dans la maison. Géraud continuait d'imaginer de futures rationalisations, il avait shunté la résistance de la machine à laver, il récupérait l'eau des douches avec des seaux. « Tout est calculé, expliquait-il aux groupes de stagiaires, en leur montrant dans le jardin le bac à compost, et sous l'abri un tas de sciure qui, dans les toilettes sèches, produirait l'uréase neutralisant les mauvaises odeurs de l'urée. Les dépenses d'énergie peuvent encore diminuer. On peut vivre avec très peu, réduire à rien son empreinte écologique. » Géraud adorait ce calcul des choses de la nature, un calcul simple à très longue portée, calcul élémentaire où, en poussant des brouettes, on résout les choses à l'échelle planétaire. Géraud mesurait tous les paramètres, exalté par ce rapport intime avec la nature où il accompagnait de l'intérieur les processus naturels. Enfant déjà, il se jetait sur la nature avec frénésie. Il fuguait pour des promenades lyriques de plusieurs jours, adoptait des animaux, s'égarait le plus loin possible dans la forêt, connaissait les types d'écorces, les traces animales, les feuillages où il enfouissait sa tête. Il restait là des heures, silencieux, la tête dans les feuilles.

Un jour, en fin de visite, un stagiaire s'attarda après que le reste du groupe fut parti, pour discuter et récupérer un plan de la marmite norvégienne. Tandis que Géraud faisait le croquis sur une petite fiche, le visiteur questionna Justine, toujours immobilisée, sur sa santé. Il se montra intrigué par la chute de la jeune femme ; cette manière d'être tombée par la fenêtre le faisait frémir et l'impressionnait. De fil en aiguille, à force de questions, Justine finit par lui raconter ce qui continuait de la tracasser plusieurs semaines après son accident : la chute mortelle de son cousin, une nuit, dans l'Atlantique, lors d'une sortie en voilier. Et l'homme intrusif produisit une petite avancée dans l'histoire des chutes familiales. Non seulement Justine et son cousin étaient tous deux tombés en pleine nuit, remarqua-t-il, mais Justine était, comme son cousin, tombée dans l'eau. C'était exact, ni Justine ni Géraud n'y avaient prêté attention : Justine avait basculé dans le bassin de phytoépuration. « Eau de l'océan, eau du bassin, en effet, c'est curieux, dit Justine, nous n'avons pas fait le rapprochement parce que le bassin de phytoépuration est très différent de l'océan ! Il n'y a que trente-cinq centimètres d'eau dans le bassin. En effet, c'est étrange. – Alors là, je vous arrête, rien de bizarre là-dedans, intervint Géraud qui terminait son plan en notant les côtes, c'est tout à fait normal au contraire. Grâce à nos toilettes sèches, nous épurons très peu d'eau. En fait le tiers d'un foyer standard. »

C'est ainsi qu'en Justine l'agacement se cumulait à l'angoisse, tandis que chez Géraud, l'ancien lyrisme de la nature s'était transformé en calcul infini des choses de la nature.

Vie des théories

On s'imagine généralement que les théories sont en lévitation au-dessus du monde, qu'elles planent, abstraites et souples comme des rubans lumineux, et que nous n'avons qu'à nous arrêter, lever la tête et commencer à lire leurs énoncés dégagés des contingences. Évidemment c'est faux : l'abstrait est un acquis, pas un donné. Les théories se lèvent le matin mal réveillées. Comme tout un chacun, elles ont un temps de chauffe. Les théories enfilent leurs chaussures, repeignent le portail, mangent un fruit qui coule ; les théories rament sur un fleuve ; on ne repère pas à première vue qu'il y a une théorie à bord de la pirogue, pourtant elle y est, elle pagaie comme tout le monde ; de là, elle tente l'élévation, y parvient, s'abstrait, ça ressemble à un renne qui fait un énorme effort de concentration, qui gonfle et s'envole. Et bien sûr, à la moindre occasion, les théories retombent, retraversent le ciel dans l'autre sens, reposent leur verre, se plantent en pleine mer ; elles quittent leur robe, et en dessous il y a une autre robe, elles se disent : « Tiens, une double robe » ; mais elles remettent la réflexion à plus tard. Ainsi sont les théories : elles se dégonflent d'un coup et quittent la réflexion aussi vite qu'elles l'ont engagée. Ainsi étions-nous ce jour-là à la table d'un restaurant de Genève, assemblée de rennes théoriques, nous élevant et redescendant au gré des courants, assemblée de rennes pagayant, gonflant et dégonflant, prêts à exploser dans le concret.

Ce soir-là, le soir où j'avais rencontré l'un des deux artistes suisses que je pensais croiser au détour d'un sentier des Pyrénées, nous débattions comme toujours quand on visite une ville des deux questions fondamentales : 1 – Prix de l'immobilier (M'est-il permis d'espérer vivre ici ?), 2 – Inventaire des artistes locaux (Comment va votre imaginaire ?). Pour Genève, la réponse à la première question est négative. À la seconde question, on répond : Artistes prospères en excellente santé. L'un de ces artistes, en effet d'une grande vigueur, me questionna ensuite sur mon professionnalisme et plus généralement sur le rapport entre amateur et professionnel dans les disciplines artistiques. Apparemment il ne voyait pas que j'étais en train de manger un animal cru, un steak tartare avec lequel j'avais du mal. Je venais de commettre cette erreur en faisant la commande au serveur. L'idée de steak tartare m'avait toujours impressionnée sans que j'imagine la recette avec précision ; y goûtant ce jour-là pour la première fois, je m'apercevais que c'était un plat vraiment radical, vraiment animal, totalement anti-végétarien ; j'avais une échelle animale entière à remonter, cependant que l'artiste genevois me dirigeait, aimable mais ferme, vers une conversation théorique, une passionnante discussion de haute volée sur le juste dosage d'amateur et de professionnel que nous devons établir pour nos activités artistiques. Je lui disais : « Je ne sais pas, nous agissons dans l'enthousiasme du moment, n'est-ce pas?» Il me posait des questions précises, m'accompagnait dans la réflexion. Lui-même tournait avec un ami artiste de courts films l'été en montagne. «Pareil, lui ai-je dit, j'adore la montagne. Dans quel massif ont lieux vos tournages? – Les Pyrénées», a-t-il répondu. Je ne parvenais pas à dépasser le stade minimal de conversation où l'on demande des renseignements complémentaires. Mes théories, au lieu de s'envoler, restaient clouées au sol, ensevelies. La mayonnaise me rendait malade et je ne digérais pas non plus la viande crue. Quelle maladresse d'avoir voulu, justement ce jour-là, vérifier l'aura du steak tartare.

L'artiste suisse m'apprit que les films que son ami et lui tournaient dans les Pyrénées étaient des parenthèses dans leur activité artistique. Ils profitaient des vacances pour noter leurs rêves et en réaliser les meilleures scènes. Peu de rapports avec ce qu'on nomme courts-métrages dans les écoles de cinéma, il s'agissait plutôt de vidéos à moyen budget dans lesquelles plusieurs personnages étaient plongés dans un univers fantasmagorique. Puisque c'étaient des rêves filmés, *films oniriques* serait un nom adéquat. Les deux artistes profitaient de ces tournages pour se lâcher la bride par rapport à leurs créations habituelles, ne refusaient pas la déraison aux actions, forçaient sur la surexposition, les décors un peu grands ou au contraire miniatures, les contrastes de couleurs. Les amis ou les proches qu'ils avaient sur place, dans les Pyrénées, et chez qui ils passaient les vacances, faisaient office de comédiens; comédiens amateurs donc qui interprétaient parfois leur propre rôle, le rôle qu'ils avaient eu dans le rêve réel.

Le rapport au professionnalisme se décalait, et tandis que je mangeais à très petites fourchetées comme si on pouvait manger à reculons, j'aurais aimé aller plus loin, aider l'artiste suisse à théoriser le mélange professionnel / amateur qui est un nœud artistique fondamental, cocktail délicat dont la recette fragile est toujours à réinventer. L'amateur est la limite clignotante et dangereuse, la ligne subtile où d'un côté l'œuvre se rattache au terrain normal des activités normales ; et où sur l'autre pente vous risquez toujours de vous retrouver nu avec un panier en train de faire le marché, bref comme un amateur. Je ne sais pourquoi je n'osais demander un autre plat. Je n'osais pas avouer que je m'étais laissée envoûter à tort par le charisme du steak tartare. « Arrrrgh », criais-je intérieurement comme Boy George un jour où il mixait à l'Haçienda. Je m'efforçais de ne penser à rien de rouge. « Arrrrgh, criait Boy George devant les platines quand il ratait ses enchaînements de disques, je n'arrive pas à croire que j'ai pu faire ça. » Il mixait deux disques et au lieu que le second vienne se fondre avec délicatesse dans le tempo du premier, il avait l'impression d'entendre un accident de voiture ou une drag-queen dévalant l'escalier en talons hauts. Heureusement, Jon Pleased de l'Haçienda était là pour le rassurer, pour l'apaiser : « Ce n'est pas grave, lui disait-il, il faut se planter, faire des erreurs. Ne t'en fais pas, comme ça, sur la piste, ils savent que tu es là. » Des années plus tard, Boy George se souvenait encore de ce conseil comme de l'un des meilleurs qu'on lui ait donnés.

Atmosphère fabuleuse de la montagne

Tandis que, quelques mois plus tard, nous marchions dans la montagne, toute la nature était si drôle, si simple, que nous comprenions à merveille le choix des Pyrénées, meilleur décor possible pour un scénario de rêve. C'est avec ce constat que j'aurais engagé la nouvelle conversation s'il s'était trouvé que par hasard nous ayons croisé les deux artistes genevois qui eux aussi fréquentaient ces montagnes. J'étais revitalisée par la montagne, incomparablement plus en forme que la fois précédente lors de la soirée au restaurant. Prête à théoriser.

Je partageais d'ailleurs bien plus la vision des artistes genevois sur les Pyrénées que celle du cours de géotourisme *Stations thermales de montagne* que j'avais imprimé avant de partir et lu en voiture, et qui rendait mal compte à mon avis de la gaieté onirique se dégageant de la région. Les analystes, géographes trop sévères, semblaient avoir conceptualisé depuis leur bureau sans venir prendre le pouls sur le terrain. Le tourisme dans les stations thermales, écrivaient-ils, est un tourisme pratiqué par des personnes âgées, des populations à faibles revenus voire dispensées du ticket modérateur ; les villes d'eau sont tournées vers leur passé ; dans les lieux de cure contre la sinusite, vous croiserez des familles portant des écharpes, des bonnets de laine, même en été ; casino, cinéma, mini-orchestres, les mairies se cassent la tête pour créer un peu d'animation, pas facile d'occuper ces gens ; le thermalisme a été en grande partie transféré en Tunisie où les soins et le tarif horaire des employées sont meilleur marché. Triste tableau, mais bien peu réaliste.

Le cours de géotourisme omettait des détails, les mille aspects faisant de la petite ville thermale autant que de la montagne, un lieu de séjour particulièrement amusant et stimulant, par exemple le fait que tout le monde en montagne, humain ou animal, avait l'air plus ou moins en train de se rendre à une soirée déguisée. Dans la petite ville, lorsque les commerçants descendaient de leurs 4 × 4 le matin pour ouvrir leurs échoppes, on s'apercevait qu'ils portaient une cravate, des talons hauts, une robe moulante rose et noire. Quelque chose d'aussi neutre que le petit commerce est, dans ce genre de localités, stimulé par le caractère saisonnier et se rattache à des ambiances de réveillon. Le cours de géotourisme avait omis de nous avertir que les randonneurs croisés sur les sentiers de montagne porteraient des tenues de sportswear incroyablement techniques, des chaussures à laçage complexe ; et oublié aussi les gros animaux, les histoires de clochettes qu'on doit porter sur soi en cas de mauvaise rencontre, toutes les histoires de promeneurs ou de chasseurs s'étant trouvés nez à nez avec un ours, tous ces contes sur les ours, ces histoires de brebis égorgées, la colère des pour, les hurlements des contre, les arrivées en fanfare des ours qu'on invite de Slovénie pour repeupler nos montagnes et qui s'enfoncent dans la forêt munis de leur collier biper, encouragés dans leur mission repeuplante par leurs parrains et marraines, des gens comme Valérie Lemercier ou Alain Chamfort ; tous ces éléments extravagants qui, superposés à la nature brute, étrange et intimidante, composent l'atmosphère fabuleuse de la montagne.

Au Moyen Âge, on allait paraît-il plus loin encore : on omettait totalement de regarder le paysage tel qu'il était pour lui substituer légendes et prodiges qu'on localisait dans un ou deux détails. Si l'on voulait dessiner une montagne, au lieu d'aller l'observer, on faisait une espèce de motif en vagues qu'on copiait-collait autant de fois que nécessaire. On négligeait le paysage parce que l'attention se portait sur un détail prodigieux ou un autre : rocher qu'on peut faire bouger d'un seul doigt mais pas avec le reste du corps, vent enfermé dans un gant, avalanches se déclenchant dès qu'on élève la voix, draps blancs éclatants exposés à jamais au sommet de la montagne. Nos Pyrénées n'en étaient pas là, mais il y avait de ça : un grésillement du minéral et du végétal, une superposition de contes métamorphosant la nature.

Ainsi en est-il de la mondialisation les jours où, avec son côté série TV, elle parvient encore à nous amuser : d'abord un socle gigantesque d'inconnu radical ; devenant vite familier par l'adjonction de cartes, explications, histoires qui flèchent le territoire ; mais familier seulement jusqu'à un certain point, car l'instant d'après, on se rend compte que les adjonctions de pancartes et histoires n'ont pas cessé, et que tout ce fatras s'empilant, à force de copies, de fake et divagations, on a désormais un nouvel inconnu : une gigantesque et bouleversante chimère.

« Une vallée s'ouvrira devant nous, me disais-je, un panorama magique apparaîtra, et les deux artistes seront là, filmant une scène tirée de leurs rêves, dirigeant leurs comédiens amateurs, faisant coïncider la scène avec leur inconscient, corrigeant la position d'une main dans la lumière, rectifiant la largeur d'un sourire. » Si j'apercevais deux grands hommes au détour d'un chemin, je me disais : « Tiens, les voilà, ces deux hommes de haute stature là-bas, portant des chapeaux, des bâtons, d'épais shorts beiges, ce sont les deux vidéastes performeurs interprétant un rêve où ils font une randonnée. » J'aurais aimé assister à leur tournage, prendre en note les indications de couleurs, la beauté des visages. J'aurais aimé leur remettre en main propre le scénario de mon rêve sur Édith Piaf.

COLLECTION DE BAISERS (8)

J'ai su plus tard que les deux artistes n'étaient pas à ces dates dans les Pyrénées, mais dans ce genre de verdure aussi survoltée qu'un décor artificiel, la probabilité de croiser un tournage en altitude est augmentée. L'imaginaire l'emporte : on a très exactement l'impression qu'une équipe de cinéma tournant un film à moyen budget se cache derrière tout ça. Bien sûr, il n'y a personne derrière, aucun réalisateur, aucune équipe de tournage, tout est simplement réel : c'est la force magique de la montagne qui transforme tout et le tourisme thermal qui donne le change en fournissant les déguisements. Aucune importance ; tandis que nous caracolions O. et moi, franchissant cols et vallées, j'étais convaincue que nos Genevois tournaient une de leurs saynètes, j'avais le sentiment que nous participions à leur projet de rêve, que nous serions ici ou là, figurants furtifs de leurs images. Enchantés comme nous l'étions, on nous verrait passer en haut de l'écran, points minuscules débordant de bonheur, nous serions là dans le cadre, gambadant, échangeant de merveilleux baisers, échafaudant des théories, égayant quelques centimètres carrés à l'arrière-plan d'une de leurs images oniriques.

Rêve 8 – Cauchemar des traders

Voilà pour le film du bonheur. Et à présent l'autre film, le film de la finance. Ce second film est expérimental.

Paradoxal d'ailleurs, car il prend naissance directement dans les esprits de traders qu'on pense parfois plus classiques que les esprits d'artistes, alors que c'est le contraire. Les esprits financiers sont les plus expérimentaux de tous, expérimentaux à très grande échelle. Il était d'ailleurs moins une, car je n'ai pratiquement laissé aucune place à la parole financière dans ce livre. J'ai autant que possible tenu à l'écart l'univers des places boursières, à la demande de Roxane, à la demande générale des paysages de montagne. Dernière image, donc, née dans l'esprit de nos traders français.

Je sais ce qu'on dira : la finance est internationale, etc., est-ce bien la peine de donner la parole à la finance si c'est pour se contenter d'une micro-nation au sein d'une micro-Europe ? Bon, ce n'est peut-être pas l'ultime zénith du monde financier, mais j'imagine, oui, qu'on peut donner la parole aux traders français, primo parce que ce sont eux qui ont l'idée ; deuxio parce qu'ils sont bons, compétitifs sur le marché mondial, parfois recherchés comme des footballeurs qui font gagner beaucoup à leurs équipes ; tertio parce que c'est tout de même à Centrale, à Polytechnique, à Dauphine, qu'on se mit à inventer dès les années 90 les équations à rallonge qui sont les stars de la finance actuelle. Époque bizarre, où étudiants et enseignants-chercheurs, pris dans une orgie de chiffres, une spirale euphorique, se mirent à inventer des calculs incroyables, créèrent les produits Himalaya, des modèles tordus de titrisation, tous ces produits financiers ultrasophistiqués inaccessibles pour le commun des mortels qui firent la réputation mondiale des cours de stochastique parisiens. Grâce à ces cours dispensés pour ainsi dire à la maison, les traders français, ces excellents élèves, enfants de notre bourgeoisie, peuvent filer tout droit de l'école publique où la sélection se fait par les mathématiques à l'abstraction de l'argent immatériel sans passer par la case *économie réelle*. Ils savent bien sûr qu'à l'instant T zéro, une créance bancaire est reliée à un type qui a acheté un pavillon avec une haie et un barbecue, ils se souviennent vaguement qu'une action en Bourse a un rapport avec un business de voitures, de farine ou de bikinis ; seulement, au niveau de complexité mathématique où ils se situent, vu le volume des échanges, vu la multiplication de la masse monétaire, par comparaison, le réel est microscopique, les barbecues sont invisibles à l'œil nu, les bikinis sautillent faiblement au loin, petites taches colorées sur un horizon flou.

Bien sûr, les traders ne sont pas naïfs, ce sont des gens cultivés de trente et un ans. Ils adorent James Ellroy, ont lu passionnément Kafka et le journal d'Anaïs Nin durant leurs études ; ils ont chanté du Jacques Brel et du Bob Marley. Ce sont des garçons qui savent que des mouvements de capitaux d'une telle ampleur peuvent paralyser ou broyer l'économie réelle, redistribuer les forces en présence ; ce sont des filles qui savent que le réel n'est pas en mesure de supporter une telle disproportion. Cela leur revient de temps en temps, par envahissantes bouffées. Le réel apparaît alors aux traders désagréablement teinté de culpabilité, ils se sentent mal, ils repensent à leur prof de philo, au doute, au scrupule moral. La nuit, la pensée revient; plusieurs nuits de suite. Aussi dans ces lofts immenses et magnifiques que les traders habitent au cœur des grandes villes de la planète, dans ces lofts à 5 000 £, 8 000 $ ou 600 000 yens mensuels, nombreux sont les professeurs de philosophie profitant de la nuit pour apparaître en rêve à leurs anciens élèves. Parmi les lapins et les toons qui peuplent les rêves des traders, les professeurs de philosophie montent à la tribune, prennent la parole et rappellent des concepts d'une simplicité lumineuse. «Attention Alex, disent-ils, attention Sonia, rappelle-toi Paul, tu avais eu une bonne note à la dissertation: le rationnel n'est pas le raisonnable; plus tu fonces en avant avec ta rationalité mathématique, plus la raison morale aura du taf en back-office pour opérer le contrôle et vérifier que tout est bien conforme.» Aiguillonnés par cette tournée nocturne des professeurs de philosophie autour du globe, les traders sentent s'installer durablement en eux des scrupules graves d'illégitimité, d'injustice, d'absurdité totale, qui devraient être en toute logique suivis d'une correction mémorable, d'un retour de bâton monumental infligé par les 7 milliards de personnes qui ne sont ni banquiers, ni en passe de devenir multimillionnaires.

Et voici le petit film expérimental. Puisqu'ils sont français, puisque les emplois du temps blindés ne leur laissent pas non plus des jours pour réfléchir, ces traders vont au plus vite et donnent toujours à la vengeance qu'exercera le réel les traits de la Révolution française, première imagerie de révolte du peuple contre ceux qui l'asservissent. Pas de goudron ni de plumes, pas de supplices chinois, ni de lapidation, pas de torture dans une prison sud-américaine. Ce sont des émeutiers portant en triomphe des têtes plantées sur une pique qui invariablement naissent dans le cerveau des traders, ce sont des foules en marche portant des têtes au bout de leurs fourches, punition des traîtres et leçon infligée aux tyrans.

Ainsi ils ne sont pas arrogants jusqu'au bout. De manière très hexagonale, ils nuisent par l'esprit de scrupule à leur propre efficacité et nuancent leur triomphe. Ils ajoutent les images aux images, les têtes aux têtes. Ils visualisent les peuples du monde entier pénétrant dans les salles de marchés où tout le monde est concentré sur son écran, poussant les employés en dehors de l'open space en direction des ascenseurs. La plupart du temps, bien sûr, les traders ne pensent pas aux 7 milliards de personnes qui ne sont pas en train de devenir multimillionnaires. Mais parfois, après une mauvaise nuit, dans un moment de fatigue, ils y pensent et se mettent à créer mentalement ce petit film interminable où les peuples du monde entier sont 7 milliards de personnes avec des fourches.

REMERCIEMENTS

Merci à Olivier Bosson

Merci à Laurence Renouf

L'auteur a bénéficié pour la rédaction de cet ouvrage du soutien du Centre national du livre.
L'auteur a bénéficié d'une bourse d'écriture de la Région et de la DRAC Rhône-Alpes.
Qu'ils en soient ici remerciés.

Réalisation : PAO Éditions du Seuil
Achevé d'imprimer par Normandie Roto Impression s.a.s.
à Lonrai (Orne)
Dépôt légal : août 2012. N° 0003-2 (124342)
Imprimé en France